14 jours volés

14 jours volés

volés

Erín Krŏmborr

© Erin Kromborr, 2019

Édition : BoD – Books on Demand
12/14 rond-point des Champs-Élysées, 75008 Paris

Impression : BoD - Books on Demand, Norderstedt, Allemagne

ISBN : 9782322186679

Dépôt légal : novembre 2019

Merci

À ma Super Tata Sandra,

À Gibbon,

À mon Tinou,

À ma Maman,

À mon Papa,

À toute la famille, de sang et de cœur,

Et bien sûr à toi, cher lecteur,

Sans qui cette histoire

N'aurait pas de raison d'être.

« AUTRE MORALITÉ :
Pour peu qu'on ait l'esprit sensé,
Et que du monde on sache le grimoire,
On voit bien que cette histoire
Est un conte du temps passé ;
Il n'est plus d'époux si terrible,
Ni qui demande l'impossible,
Fût-il malcontent et jaloux.
Près de sa femme on le voit filer doux ;
Et de quelque couleur que sa barbe puisse être,
On a peine à juger qui des deux est le maître. »

La Barbe Bleue, Contes
CHARLES PERRAULT (1697)

Il y a un an de cela, j'ai donné une conférence à Besançon sur mon travail en tant qu'expert auprès de la Cour d'assises de Paris. Je l'avais débutée ainsi : « À chaque nouveau cas sur lequel on me demande une expertise, j'essaie de repartir à zéro, comme si c'était mon premier cas. Je dois faire abstraction de tout ce que j'ai vu par le passé, oublier toutes les généralités sociales, toutes les probabilités de comorbidité que je connais. Je ne suis pas là pour faire des statistiques, mais pour envisager des pistes à côté desquelles les statisticiens sont passés. À chaque nouveau cas, je dois toujours me rappeler que tout est possible ».

J'ai redécouvert mes propres mots la semaine dernière, en relisant mon diaporama, alors que je m'apprêtais à donner la même conférence à Toulon. Ces mots me sont alors apparus sous un jour nouveau. Ils ont résonné en moi avec la même conviction que lorsque je les avais écrits, mais cette fois, ils m'ont laissé un goût piquant. Une sensation crue et poignante qui, si je prends le temps de lui accorder un peu d'attention, me prend au cœur et me laisse avec la nausée.

C'est sans doute qu'entre ces deux conférences, au cours d'une des plus noires affaires auxquelles ma carrière m'ait jamais confronté, j'ai eu tout le loisir de vérifier par moi-même la pertinence de ce propos. Quant à savoir si j'ai su appliquer ces grands principes à ma propre pratique, comme j'en avais toujours eu le sentiment jusqu'alors, cela reste à déterminer. Je tremble aujourd'hui à l'idée d'avoir repoussé, avant même de l'avoir envisagé avec toute l'attention et le sérieux qu'elle méritait, une des hypothèses que j'avais alors devant moi, au motif qu'elle me paressait beaucoup trop invraisemblable, et peut-être aussi, beaucoup trop effroyable. Pourtant, malgré tous mes efforts pour la maintenir à distance, malgré le fait que je la considère encore aujourd'hui comme une idée fantaisiste, et même farfelue, l'éventualité en question me revient toujours à l'esprit.

La simple évocation de ses potentielles implications suffit à engendrer chez moi un trouble bien plus profond que je n'oserais l'admettre devant qui que ce soit. En vérité, je redoute que mes choix d'alors aient contribué à la survenue des événements dramatiques qui ont suivi cette affaire, et qui me hantent encore jusque dans mes rêves. Voici pourquoi, presque un an après les faits, je ressens un tel besoin de me replonger dans cette affaire, de l'éplucher à nouveau, de la décortiquer et de la presser jusqu'à en extraire le suc, avec le maigre espoir de sauver quelques-unes de mes certitudes.

Pour ce faire, j'ai résolu de transcrire ici chacun des souvenirs que j'ai conservés de l'entretien du 24 mars, en m'aidant de mes notes ainsi que des enregistrements audio alors réalisés. Je ne me référerai au dossier que lorsque je le jugerai absolument nécessaire, afin de revenir en premier lieu sur ce dont j'ai moi-même été témoin, et si possible, éviter que mon ressenti ne soit de nouveau contaminé par la clarté dérangeante qui illumine les faits.

En procédant ainsi, j'inverse mon mode opératoire habituel. En effet, lorsque je suis amené à intervenir sur une affaire, j'ai pour habitude de commencer par étudier consciencieusement les informations transmises par mes collègues. Il m'a toujours paru essentiel d'être à l'aise avec la concaténation des événements, du moins autant qu'il est possible de l'être, avant de rencontrer l'accusé. Il s'agit d'une preuve de sérieux et d'implication, qui doit être extrêmement solide si l'on espère gagner, et avant cela, mériter la confiance du patient.

14

Entrée

J'avais donc soigneusement pris connaissance du dossier avant de me rendre à la Maison d'arrêt des Hauts de Seine pour y rencontrer le mis en examen, alors en détention provisoire, dans l'attente du procès. Je passai les murs d'enceinte et me dirigeai vers le bâtiment de porterie, jetant de temps à autre un regard furtif en direction des miradors. Je dois avouer que, malgré ma familiarité avec ce type d'établissements, les vingt mètres que j'avais à parcourir me parurent bien longs, et que la pénibilité de ce trajet n'était pas uniquement due à ma hanche arthrosique. J'accédai enfin à la cabine d'accueil des auxiliaires de justice, où l'agent pénitentiaire inspecta ma mallette et me remit mon badge. Je le montrai une première fois pour entrer dans le hall administratif, une deuxième fois en passant devant le bureau du chef de détention, et une troisième fois pour franchir la porte du sas d'accès, après que ma mallette eut été à nouveau examinée sous toutes les coutures.

Après le sas, il me restait encore à claudiquer tout le long de la galerie menant au bâtiment B. Évidemment, le quartier d'isolement se trouvant au quatrième et dernier étage, et le monte-charge étant réservé au transport des repas, cantines et autres équipements, il me fallut gravir un nombre effroyable de marches. En arrivant au sommet, essoufflé et grinçant de douleur, je saluai le surveillant à son bureau. Sur la gauche, se trouvait le quartier disciplinaire, le « mitard », la prison dans la prison, pour les plus punis des punis – ou les plus dangereux. Mais ma destination se trouvait sur la droite, au sein du quartier d'isolement, où sont placés les détenus pour lesquels des mesures de protection individuelle ont été jugées nécessaires, ou qui sont en attente de comparution. En effet, le juge d'instruction avait demandé le placement en détention provisoire pour empêcher toute concertation frauduleuse entre le mis en examen et d'éventuels coauteurs ou complices. C'était du moins la justification officielle qu'il avait donnée, car, en réalité, les doutes qui pesaient sur la santé mentale de l'accusé pouvaient laisser craindre des revirements inattendus dans son comportement, et c'était là, précisément, l'objet de ma présence.

Le surveillant m'escorta jusqu'à la grille qui séparait le pallier du couloir, de part et d'autre duquel se trouvaient les dix cellules individuelles qui composaient le quartier d'isolement. Il s'arrêta devant la quatrième cellule sur la droite, et m'ouvrit la porte. Avec un large sourire, il salua le détenu en l'appelant par son prénom, me gratifia d'un simple et dynamique « Voici votre homme » en me laissant entrer, avant de s'éclipser de la pièce et de refermer la porte à clé.

Je me concentrai un instant sur la fenêtre pour chasser l'élan de claustrophobie qui menaçait de me submerger. Malgré les volets mi-clos, la lumière naturelle de la fin d'après-midi me rasséréna. Dans le prolongement du lit, disposé le long de la cloison, et séparé de celui-ci par une armoire de rangement, se trouvait le coin sanitaire avec un lavabo, un miroir et une prise électrique. Sur la tablette au-dessus du lavabo, je notai la présence d'une brosse à dent, d'un tube de dentifrice, d'un gobelet, d'un peigne et d'un flacon de parfum, le tout soigneusement disposé. À côté du coin toilette, on pouvait trouver l'espace du WC en faïence, clos jusqu'au plafond, et séparé du reste de la pièce par une porte à battants. Le mobilier était complété par une table, une chaise, et un petit réfrigérateur, le tout dans douze mètres carré.

Un téléviseur à écran plat de vingt-deux, peut-être vingt-quatre pouces était accroché au-dessus de la porte de la cellule mais il était éteint. Je remarquai quelques livres entassés à la tête du lit, un ou deux romans à la couverture désuète, un traité d'histoire - une antiquité en lui-même – et une Bible de poche. La bibliothèque secondaire, présente à cet étage, n'était visiblement pas aussi bien pourvue que la bibliothèque principale. Mon regard s'attarda un instant sur la platine avec interphone fixée sur le côté de la porte. Je songeai au voyant d'appel situé dans le couloir au-dessus de l'encadrement. Cette modeste ampoule constituait désormais mon seul lien tangible avec l'extérieur.

1. Lent

Je me présentai au détenu. Celui-ci me salua respectueusement et s'empressa d'aménager l'espace disponible du mieux qu'il put en rapprochant la table du lit et en positionnant la chaise de l'autre côté afin que nous puissions nous entretenir face à face. J'ancrai dans mon esprit mes premières observations. J'avais devant moi un homme de taille moyenne, châtain foncé, rasé de près. Je savais qu'il était plus jeune que cela mais, de but en blanc, je lui aurais donné la quarantaine. C'était sans doute la fatigue accumulée lors des événements qu'il venait de traverser qui le vieillissait.

Le témoignage de Robert Ménard, ami proche et collègue du mis en examen, me revint aussitôt en tête « Thomas est à la fois l'homme le plus ordinaire et le plus extraordinaire que je connaisse. Je ne dis pas ça parce que c'est mon meilleur ami. Il porte en lui une sorte de clarté étrange ». Maintenant que je le voyais en chair et en os, je comprenais mieux cette déclaration. Son allure était en effet des plus banales. Mais il gardait ses grands yeux clairs et soucieux légèrement plissés, les sourcils à demi froncés, comme s'il cherchait en permanence à voir au-delà des choses matérielles, à découvrir un trésor incroyable caché sous un meuble, dans le pli d'un vêtement, ou dans le regard d'un autre. Sa voix était posée, grave et profonde, mais les maigres sourires qu'il tenta de m'adresser dégageaient une candeur presque enfantine. Je notai également que les menottes qu'il avait portées pendant sa garde à vue avaient laissé des marques à ses poignets.

Il me laissa poliment la chaise et nous nous assîmes dans un silence inconfortable que je tentai d'écourter au maximum en sortant mes affaires le plus rapidement possible. Je posai sur la table mon carnet de notes, un stylo, le dossier de l'enquête ainsi que mon dictaphone. Après lui avoir demandé s'il voyait un inconvénient à ce que je nous enregistre, tout en précisant que ce ne serait que pour mes oreilles, j'enclenchai l'enregistreur vocal avec sa minuterie bien en vue, afin de pouvoir faire correspondre mes notes au déroulement de la conversation. Je remarquai tout de suite un détail qui tranchait sur son apparence des plus classiques. Il serait l'occasion parfaite d'un début de discussion anodine qui me permettrait d'évaluer plus précisément son état de fatigue morale.

— Guitariste ?
— Qu'est-ce qui vous fait dire ça ?

— Vous avez les ongles longs. Je croyais que c'était à la mode chez les joueurs de guitare ?

— C'est vrai. Ça permet d'attaquer les cordes de manière plus franche, pour donner une sonorité plus définie, plus brillante. Mais il ne faut les garder longs qu'à la main droite, et pas aux deux mains, comme moi. Car pour la main gauche, celle qui positionne les accords, avoir les ongles longs est plus un handicap qu'autre chose. Mais je ne suis pas musicien pour un sous. Je les aime bien comme ça, c'est tout. Et vous, vous jouez d'un instrument ?

Ce premier contact était positif. Le sujet ne fuyait pas le contact visuel, ne faisait preuve d'aucune hostilité, ni de tentative de séduction. Il manifestait simplement le désir de lier conversation avec moi. Je supposai qu'il m'identifiait comme un pair possédant un niveau d'éducation équivalent au sien.

— Un peu de piano à mes heures perdues, répondis-je.

À l'évocation de cet instrument, il manifesta un réel engouement qui me parut des plus sincères, et me répondit sur un ton presque enjoué.

— Je rêverais d'apprendre le piano. Je me suis récemment découvert un amour inconditionnel pour Satie.

— Une œuvre préférée ? Laissez-moi deviner. Gymnopédies ?

— Gnossiennes.

Cet homme m'était sympathique au premier abord. Je résolus donc de me montrer particulièrement vigilant, c'est-à-dire de me méfier de lui. Il cherchait visiblement à dissimuler son épuisement en se donnant une contenance calme et mesurée. Je ne pus retenir une vague de compassion en pensant aux épreuves qu'il avait vécues. Malheureusement pour lui, je n'avais pas le temps d'y aller en douceur.

— Comme vous le savez, cet entretien a pour but de faire un bilan des dispositions psychologiques dans lesquelles vous vous trouviez au cours de ces deux derniers mois. Et plus particulièrement pendant la période du 8 février au 21 mars, lorsque vous habitiez avec Laura Tarroux. Cette évaluation psychiatrique s'inscrit dans le cadre de votre mise en examen. Vous avez l'obligation de vous y soumettre et je pense que vous avez compris qu'il est dans votre intérêt de coopérer de la façon la plus active possible. À la suite de cet entretien, je devrai faire part à l'instruction, ainsi qu'à votre avocat, de toutes les conclusions que j'estimerai liées à cette affaire. Cela dit, nous pouvons faire une pause à tout moment, si vous le souhaitez. Si c'est le cas, n'hésitez pas à m'en faire part. Je ne suis pas là pour tenter de vous faire avouer quoique ce soit. Je suis là pour essayer de vous comprendre au mieux, Monsieur Jean.

— Appelez-moi Thomas.

— Très bien, Thomas. Je vous propose de commencer par quelques tests cognitifs basiques. Je vais vous poser plusieurs questions pour voir comment fonctionne votre mémoire. Les unes sont très simples, les autres un peu moins. Vous devez répondre du mieux que vous pouvez. Tout d'abord, pouvez-vous me donner la date complète d'aujourd'hui ?

Je fis passer au sujet un premier examen de l'état mental, appelé *MMSE*, qui consiste en une série de tâches d'apprentissage et de mémorisation, comme retenir une suite de trois mots « Cigare – Fleur – Porte », compter à partir de cent en retirant sept à chaque fois, épeler le mot MONDE à l'envers, répéter « pas de mais, de si, ni de et », ou encore exécuter des ordres simples comme « Prenez une feuille de papier avec votre main droite, pliez-la en deux et jetez-là par terre ». Ayant bien compris le but de l'exercice, il suivit les consignes à la lettre, sans poser de question, et réussit parfaitement chacune des tâches. Je lui proposai donc un deuxième test légèrement plus poussé, un BREF, pour *Batterie Rapide d'Efficience Frontale,* au cours duquel il dut réaliser la séquence motrice de Luria, ainsi qu'une épreuve de consignes conflictuelles et une épreuve de GO - NO GO, pour lesquelles il obtint à chaque fois le score maximum. Les résultats de ces tests me permettaient de conclure que le sujet ne présentait *a priori* aucun trouble cognitif majeur. Comme il se montrait très coopératif, et que nous avions un certain nombre de choses à démêler avant la fin de la journée, je décidai d'attaquer directement dans le vif.

— J'aimerais que vous me parliez un peu de Madame Tarroux.

— Qu'est-ce que vous voulez savoir ?

— Contentez-vous de me dire ce qui vous vient à l'esprit quand vous pensez à elle.

Le sujet croisa les jambes, passa l'index de sa main droite sur l'arrête de son nez trois fois d'affilée, rapidement, puis masqua sa bouche derrière sa main, en prenant appui sur son coude posé sur la table, avec le regard fixe. Il ne faisait aucun doute pour moi que la première stéréotypie gestuelle traduisait une nervosité, dont le sujet avait vite pris conscience, puisqu'elle avait été immédiatement suivie par la seconde que j'assimilai à un réflexe de distanciation.

— Et bien... Je regrette de ne pas avoir été informé de son état de santé plus tôt. Je me suis fait beaucoup de souci. Je ne vois pas ce que ça leur apportait de m'empêcher d'avoir de ses nouvelles. Je comprends que je n'aie pas le droit de la voir, avec la procédure en cours... Mais ça, c'était un coup bas, je trouve.

— Vous avez été rassuré à son sujet depuis ?

— Après ma garde à vue seulement ! C'est long vingt-quatre heures sans savoir si la femme avec qui vous vivez est hors de danger ou non...

Les termes employés « la femme avec qui vous vivez » me semblèrent froids, sans que j'arrive à discerner s'ils exprimaient du détachement ou de la pudeur, mais l'emploi du présent me poussa à supposer qu'il n'avait pas fait le deuil de sa relation avec Laura Tarroux. Les faits étant encore très récents, cela n'avait rien de surprenant.

— ...Et *rassuré* n'est pas le terme exact. Ce n'est pas que je manque de confiance en la police, mais c'est quand même eux qui lui ont tiré dessus...

— Mme Tarroux a clairement manifesté des intentions hostiles envers les forces de l'ordre. Vous en avez-vous-même attesté.

— Il leur aurait suffi de me laisser lui parler, et tout ce serait bien passé. C'est véritablement une chance que sa blessure soit sans gravité.

Je notai son ton légèrement menaçant. Cette démonstration d'assurance dénotait avec mes premières impressions. Je m'interrogeai sur la possible existence de tendances mégalomaniaques chez mon patient.

— Une chance pour qui, Thomas ?

— Comment ça ? Pour elle, pour moi, pour Robert, pour le policier qui lui a tiré dessus ! Qui voudrait être responsable de la mort de quelqu'un ? Je veux dire... C'est stupide, une telle violence n'était pas nécessaire.

— Vous avez peut-être raison. Mais la santé physique de Laura n'est pas ce qu'il y a de plus préoccupant. Elle sera très vite rétablie. Concernant sa santé mentale, en revanche, c'est une histoire bien différente.

— J'avais cru comprendre, oui.

Il réalisa le même tic nerveux, mais cette fois, colla son front dans la paume de sa main. Malgré le sarcasme, son appréhension vis-à-vis de ce qui allait suivre était palpable. Je décidai de lui énoncer le verdict rendu par ma collègue sans le faire attendre davantage.

— J'ai pu m'entretenir avec sa thérapeute par téléphone. Elle a conclu à une psychose aiguë schizo-affective sévère. Laura a été transférée dans le service des soins psychiatriques en péril imminent de Saint-Anne. Le Docteur Alves souhaite qu'elle reste là-bas le temps que la question de sa responsabilité pénale soit tranchée. Si elle est reconnue pénalement responsable, elle encourt une très longue peine d'emprisonnement. Dans le cas contraire, elle sera gardée en hôpital psychiatrique.

— Donc enfermée quoiqu'il arrive. Avec ou sans sédation. C'est ça les options ?

Il ne montra aucun signe de surprise. Son visage affichait une expression figée de souffrance morale. La déception dans sa voix m'indiquait que jusqu'ici il avait conservé de l'espoir pour Laura Tarroux. Je me trouvai dans l'une des situations les plus pénibles qu'il est possible de rencontrer dans mon travail. J'allais soit faire du mal inutilement à un homme innocent, soit apporter à la Justice des éléments utiles pour mettre hors d'état de nuire un homme dangereux. Je ne pouvais pas encore affirmer avec certitude à laquelle de ces catégories appartenait l'homme que j'avais en face de moi. Je devais faire tomber le masque.

— Thomas, que ressentez-vous, aujourd'hui, pour Laura ?

Il se prit le visage dans les mains et expira longuement.

— Pardonnez-moi...

Les sanglots étouffés qui suivirent me poussèrent à croire que j'étais face à un individu bouleversé. Mais il me restait à confirmer que tout ceci était sincère et qu'il ne jouait pas la comédie. Je dégainai mon regard le plus compatissant et lui tendis un mouchoir.

— Il n'y a aucun mal. Prenez votre temps, Thomas.

— J'ai encore du mal à réaliser que ça s'est passé comme ça. Que ça se finisse comme ça. Je suis en colère. Contre elle, à cause de tout ce qu'elle m'a caché. Contre moi. Parce que je n'ai pas su voir plus tôt à quel point elle était malade. J'ai le sentiment de l'avoir abandonnée.

— Vous avez sans doute le sentiment d'avoir traversé une épreuve. Et c'est le cas. Mais souvent nous faisons l'erreur de penser que le pire est derrière, que tout est terminé, et que, par conséquent, nous devrions repartir de plus belle, en nous estimant chanceux de nous en être sortis. Laissez-moi vous dire une chose : votre épreuve n'est pas terminée. Même une fois le jugement passé, le verdict prononcé, quel qu'il soit, ce ne sera toujours pas terminé. Vous avez traversé des événements très traumatisants et il vous faudra beaucoup de temps pour vous en remettre. Il est crucial que vous en ayez conscience. Au-delà de la formalité juridique, notre entretien est une opportunité à saisir pour entamer votre progression vers la reconstruction, sur des bases solides. Mais pour ça, vous devez accepter la réalité de ce que vous ressentez aujourd'hui, sans vous autocensurer.

Je notai sa déglutition difficile et les larmes dans ses yeux.
— Elle me manque...

Aussi banal que cette phrase puisse paraître, il s'agissait pour lui d'un véritable aveu. Qu'il soit capable de ce type d'extériorisation, même à si petite échelle, était pour moi un signe très encourageant. Le sujet me confia qu'il n'avait pas fermé l'œil depuis que Laura Tarroux et lui avaient été séparés, c'est-à-dire depuis leur interpellation, près de trois jours auparavant. Il disait éprouver à la fois une sorte de soulagement, comme s'il était enfin parvenu à s'extraire d'un rêve duquel il était longtemps resté prisonnier, et une terrible douleur, car la réalité dans laquelle il se retrouvait brutalement projeté lui apparaissait comme un véritable cauchemar. Afin de remplir ma mission et de venir en aide à mon patient, je m'apprêtais donc à rentrer à mon tour dans ce cauchemar.

J'étais encore bien loin de me douter à quel point il me serait difficile d'en ressortir.

2. Avec étonnement

— J'ai bien conscience que vous avez déjà dû revivre ces événements à plusieurs reprises lors de votre déposition, mais je vais avoir besoin de tout reprendre avec vous, encore une fois. Ça va aller ?

— On va faire en sorte que oui.

— Bien. Vous dites avoir rencontré Laura le lundi 5 janvier. Pouvez-vous me parler de cette rencontre ?

— Comme vous le savez sans doute, je travaille comme enseignant-chercheur au Musée de l'Homme. C'est là-bas que je l'ai rencontrée. Elle s'intéressait à une pièce archéologique que j'ai beaucoup étudiée. Elle avait de nombreuses questions, pour son mémoire, c'est ce qu'elle disait. Je n'y croyais pas vraiment. Elle me semblait trop vieille pour être encore étudiante. Mais ça ne m'a pas semblé important sur le moment. Ses questions étaient très pertinentes. C'est toujours agréable de partager sur un sujet qui vous passionne lorsque vous avez la chance de rencontrer quelqu'un que ça passionne également. J'ai répondu à quelques-unes de ses questions, et puis je lui ai proposé de lui apporter davantage de documentation au musée le lendemain matin. Elle était très enthousiaste.

— Quelles ont été vos premières impressions la concernant?

— Une fille étrange, un peu paumée, mais assez charmante, douce.

— Vous ne lui avez posé aucune question d'ordre plus personnel ?

— Non, ça aurait été déplacé. Mais je vous avoue que j'ai tout de suite eu l'impression de lui plaire. C'était assez flatteur mais ça s'arrêtait là. Ce premier échange était tout à fait anodin.

— Cette pièce archéologique sur laquelle elle vous a interrogé, vous pouvez m'en dire plus ?

— *La Tombe*. C'est comme ça qu'on l'appelle. C'est une sépulture vieille de plus de 1200 ans, découverte près de Seignosse dans les Landes, il y a sept ans. Elle renferme les squelettes d'un homme et d'une femme enlacés, avec leur enfant entre eux.

— Ce doit être un spectacle poignant.

— Ça a fait son effet dans les médias. J'ai énormément d'affection pour cette pièce. Elle est rattachée au début de ma carrière, et à ce que je pourrais appeler ma petite heure de gloire, en quelque sorte.

— Vous vous êtes revus dès le lendemain ?

— Tout à fait. Je suis arrivé très en retard au musée. Je pensais qu'elle serait déjà partie, mais elle m'attendait encore. Elle avait passé tout ce temps à observer *La*

Tombe. J'ai réalisé qu'elle avait bien plus que de l'intérêt pour elle. De la fascination serait plus juste.

— Pourquoi étiez-vous en retard ce jour-là ?

— La veille au soir nous avions fêté la promotion de mon collègue, Robert, qui est aussi mon meilleur ami. C'est lui qui a prévenu la police de la situation dans laquelle je me trouvais, avant que Laura et moi soyons interpelés. Je n'ose pas penser à ce que je serais devenu s'il n'avait pas été là. Enfin, nous avions beaucoup bu ce soir-là et je n'ai pas entendu mon réveil.

— Ça vous arrive souvent ?

— Non. Je sors très peu en temps normal. Ce matin-là, j'ai remis les documents à Laura et je lui ai proposé de lui laisser mon mail au cas où elle aurait d'autres questions. Mais elle a dit que ce n'était pas la peine. Je l'ai trouvée lointaine, évasive. Et c'est là que j'ai remarqué une marque de coup au coin de ses lèvres. Je n'ai pas osé lui poser de questions sur le moment, mais j'ai tout de suite regretté de ne pas l'avoir fait.

— D'où provenait cette marque selon vous ?

— Maintenant, pour moi, ça ne fait aucun doute qu'elle ne s'est pas fait ça toute seule, mais dans quelles circonstances précisément, je serais bien incapable de vous le dire.

— Vous pensez donc que quelqu'un s'est montré violent avec elle.

— C'est ce que je pense, oui.

— Qu'est-ce qui vous fait penser ça ?

— Il ne s'agit pas d'une projection, si c'est ce que vous insinuez.

— Je n'insinue rien du tout, Thomas. Je ne juge pas, je me contente de recueillir des observations.

— Vraiment, Docteur ? Alors dites-moi : lorsque vous avez remarqué mes ongles, votre objectivité sans faille vous a-t-elle empêché de faire un rapprochement avec les cuisses de Laura ? Parce que je suis sûr que les photos sont aussi dans ce joli dossier bleu, et je suis sûr que vous n'êtes pas passé à côté.

Je ne m'étonnai pas que le sujet fût à ce point sur la défensive. J'imaginai que la police l'avait déjà lourdement interrogé sur sa potentielle implication concernant les sévices corporels subis par Laura Tarroux. Quant à ma propre objectivité, je reconnus intérieurement qu'il n'avait pas totalement tort.

— Vous vous méprenez, Thomas.

— Si seulement.

— Non, vous vous méprenez sur le concept de projection. Une personne qui serait habitée d'une grande violence aurait plutôt tendance, par un mécanisme de projection, à considérer les autres comme violents. Or, vous avez très rapidement identifié Laura, non pas comme l'agresseur, mais comme une victime de violences.

— Je ne suis pas certain de vous suivre.

— Je pense au contraire, et cette fois-ci je m'autorise un jugement, que vous m'avez parfaitement suivi. Mais laissons ça pour le moment, après ce deuxième échange au musée, quand l'avez-vous revue ?

— Le jeudi suivant. Je me suis réveillé très tôt. Il faisait encore nuit et il pleuvait. J'ai regardé par la fenêtre, et je l'ai vue, dans ma rue, juste en bas de chez moi. J'étais très surpris. J'ai eu peur que quelque chose lui soit arrivé, à cause de tous les films que je m'étais fait sur l'origine de sa blessure à la lèvre. Je suis descendu l'inviter à prendre un café chez moi.

— Elle vous a paru en détresse à ce moment-là ?

— Pas particulièrement. Encore plus évasive que la dernière fois, mais avec le recul je dirais soucieuse plutôt. Sur le moment, j'ai mis ça sur le compte de l'heure matinale. Elle m'a expliqué qu'elle travaillait de nuit. Je ne lui ai pas demandé ce qu'elle faisait. Elle m'a rendu mes documents. Nous avons discuté environ un quart d'heure, et puis elle est rentrée se coucher et je suis parti travailler.

— Vous n'avez pas trouvé étrange qu'elle vienne vous voir directement à votre domicile, qu'elle attende comme ça, en bas de chez vous ?

— Si, bien sûr. Après coup, je me suis demandé où elle avait eu mon adresse. J'ai commencé à penser que son intérêt pour *La Tombe*, pour moi, relevait véritablement de l'obsession. Ça aurait dû m'inquiéter. Mais ça ne m'a pas déplût. Je n'en ai parlé à personne. Dès le départ, je crois que j'ai moi-même envisagé cette relation comme un secret qui devait rester caché. Elle était un mystère que j'allais résoudre et je ne voulais voir personne s'immiscer dans la partie. J'ignorais à quel point cette attitude allait me causer du tort.

Je repensai encore une fois au témoignage de Robert Ménard. « Thomas porte des bagages assez lourds, c'était un jeune homme tourmenté quand je l'ai rencontré. Avec le temps il a trouvé son équilibre, un équilibre peut être trop fragile depuis sa rupture avec Marion. Cette fille, celle qui s'appelle Laura, c'était un poison pour lui. Elle n'était peut-être pas méchante, enfin après ce qui s'est passé... Mais dans tous les cas, ce n'est pas le genre de fille avec qui il aurait pu se sentir bien. Il le savait depuis le début, c'est pour ça qu'il ne m'en a pas parlé. Il savait très bien ce que je lui dirais. Elle l'a harponné avec *La Tombe*. C'est son point faible à Thom, cette tombe». Cette culture du secret était de toute évidence un point clé de la personnalité de mon patient qu'il me faudrait investiguer.

— Vous aviez prévu de vous revoir ?
— Non. Je ne pouvais pas lui donner plus d'éléments concernant *La Tombe*. J'espérais bien qu'elle allait réapparaître. Mais je ne m'attendais pas à ce qu'elle le fasse de cette façon-là.

Je l'invitai à poursuivre d'un signe de tête.
— Le samedi suivant, je me suis réveillé en plein milieu de la nuit. Il me semblait avoir entendu du bruit dans mon appartement. J'ai le sommeil léger. J'ai vu de la lumière dans mon salon alors que je pensais avoir éteint. J'ai pris mon téléphone pour appeler la police, au cas où, et je suis allé voir. Elle était allongée sur le canapé, à moitié endormie. Lorsque je l'ai reconnue, j'ai été soulagé qu'il ne s'agisse pas d'un voleur. Elle s'est tout de suite redressée et s'est répandue en excuses en me suppliant de ne pas appeler la police. J'ai voulu savoir comment elle était rentrée. Elle m'a répondu qu'elle avait escaladé la façade. Sur le coup, j'ai eu du mal à la croire mais j'avais effectivement laissé la fenêtre du salon ouverte et ma porte d'entrée était toujours verrouillée de l'intérieur. Cette

fois-ci, elle avait vraiment l'air désemparée. Elle a dit qu'il fallait qu'elle me parle à tout prix, qu'elle avait quelque chose de très important à me révéler. Elle m'a remis un morceau de papier avec une adresse et elle m'a fait promettre de l'y retrouver, le soir même. J'ai accepté pour la faire partir, sans avoir l'intention de m'y tenir. Je commençais à penser que tout ne tournait pas rond chez elle... Je veux dire, cette façon de s'introduire chez moi comme ça, de parler à demi-mot, c'était plus que louche. J'ai hésité toute la journée. Je me suis fait des dizaines de scénarios différents. Mais je crois qu'au final, ma décision était déjà prise depuis le matin même. À cause de ce qu'elle m'a dit juste avant de partir de chez moi.

— Qu'est-ce qu'elle vous a dit ?

— Qu'elle avait besoin de moi. Je sais. Le classique de la demoiselle en détresse. Je dois sûrement vous sembler pathétique d'être tombé dans un tel panneau, mais je suis persuadé qu'elle était sincère, quelque part. J'ai envie de croire que c'est pour ça que j'ai marché. Je me suis donc rendu à l'adresse qu'elle m'avait indiquée le soir même. C'était déjà glauque vu de l'extérieur, mais de l'intérieur, c'était pire. Tout dans ce bâtiment semblait sale et décrépis. Le sol du couloir était poisseux. J'ai remarqué une forte odeur de poubelle en passant devant plusieurs portes, et surtout, c'était très mal insonorisé. Chaque appartement déversait la vie de ses occupants dans un mélange sordide de show télévisés, de disputes conjugales et de... Enfin, vous voyez. Plus j'avançais, plus j'avais envie de faire demi-tour, et puis j'ai croisé une de ses voisines qui sortait de chez elle. Laura a dû l'entendre me saluer et a ouvert sa porte. Je me suis senti pris au piège. Mais elle avait l'air si heureuse de me voir qu'il n'était plus question de faire demi-tour. Elle m'a fait rentrer dans son *studio*, si on peut appeler ça comme ça. Elle n'arrêtait pas de répéter à quel point elle était contente que je sois venu. Comme vous vous en doutez, j'étais pressé d'entendre la grande révélation dont elle m'avait parlé. Mais elle semblait avoir complètement oublié ce qu'elle voulait me dire. Ça m'a énervé parce que j'avais le sentiment de m'être fait du souci pour rien. Elle venait de préparer à dîner, alors nous nous sommes installés à table. Pendant le repas, elle m'a posé des questions assez générales concernant mon travail, puis des questions plus personnelles. Elle n'avait rien de commun avec la femme triste et perdue que j'avais vu le matin même. Elle parlait à vive allure, souriait sans cesse, s'agitait pour me resservir à boire ou remplir mon assiette. En fait, dès l'instant où j'ai mis les pieds dans son appartement, c'était comme si elle avait complètement changé de personnage.

— Vous aviez le sentiment qu'elle jouait la comédie ?

— Non. Ce n'est pas ce que je voulais dire. C'est peut-être plus facile pour moi de l'interpréter comme ça aujourd'hui. J'ai été tellement naïf que maintenant je ne sais plus trop comment me positionner.

— Elle vous a fait des avances ce soir-là ?

— Rien de direct, mais elle avait clairement adopté le registre de la séduction. Et d'après Robert, je suis plutôt du genre à ne pas remarquer quand une femme me fait du charme, donc je ne pense pas que ça ait été le fruit de mon imagination.

— Et vous, dans quel registre étiez-vous ?

— Je venais de découvrir dans quelle précarité elle vivait. Je me sentais coupable d'avoir voulu partir, et en même temps, je me sentais un peu étouffé par toutes ses attentions, par cette impression qu'elle dépendait de moi. J'avais plus pitié d'elle qu'autre chose, je crois.

— Une pitié qui relevait davantage de la compassion ou du mépris ?

— Pas du mépris, non. De la compassion, certainement. De la répulsion pour son environnement, mais pas pour elle. Un sentiment de supériorité, peut-être, mais s'il y a eu condescendance de ma part, elle n'a jamais été que fantasmée.

— C'est-à-dire *fantasmée* ?

— Et bien, dans le sens où j'avais l'impression de pouvoir lui venir en aide, mais j'avais aussi la liberté de ne pas le faire. Compte-tenu de la profession que vous exercez, vous devez être familier avec cette sensation valorisante qu'on éprouve lorsqu'une personne a désespérément besoin de vous. J'avais à la fois le sentiment de prendre part à une aventure, de faire quelque chose de presque dangereux, d'interdit, mais de le faire par charité. Le frisson sans la culpabilité. C'était très exaltant. Voilà à peu près dans quelles *dispositions psychologiques* je me trouvais quand elle a fini par me dévoiler l'objet de sa visite matinale.

Il avait prononcé ces dernières phrases plus bas, voûtant les épaules, comme accablé de honte et de dépit.

— Alors, dites-moi, pour quelle raison vous avait-elle rendu visite ?

— Nous sommes vraiment obligés de faire ça ? Vous avez lu ma déposition, non ?

— Plusieurs fois, avec attention. Mais ce ne sont que des lettres sur du papier. Ce qui m'intéresse n'est pas tant ce que vous avez à raconter que la façon dont vous le racontez. Les enquêteurs veulent connaître les faits. Je veux connaître votre ressenti. Cet épisode est-il particulièrement pénible à revivre pour vous ?

— Je ne voudrais pas donner le sentiment de me moquer d'elle ou... susciter davantage de moqueries la concernant, comme ça a été le cas lors de ma déposition.

— Ce ne sera pas le cas ici, je vous prie de me croire.

Il garda le silence un instant, puis finit par se lancer.

— Laura a tout un tas de croyances peu conventionnelles. Entre autres choses, elle croit dur comme fer en la réincarnation. Elle m'a expliqué avoir tout de suite senti une très forte connexion avec *La Tombe*, et qu'après l'avoir vue pour la première fois, elle avait commencé à faire des rêves étranges, où elle était la femme de *La Tombe*, c'est-à-dire qu'elle revivait des épisodes de sa vie. Elle était convaincue, et je pense qu'elle l'est toujours, qu'elle avait été cette femme, lors d'une de ses vies antérieures, et que c'était pour cette raison qu'elle avait des visions la concernant. Elle m'a avoué qu'elle n'avait d'abord rien voulu me dire pour ne pas m'effrayer, et qu'elle cherchait simplement à en savoir plus sur elle. J'avais le sentiment qu'elle ne me disait pas tout. Je pense qu'elle jugeait préférable de me laisser un peu de temps pour digérer cette histoire de réincarnation, avant de me dévoiler la suite. J'imagine qu'elle avait perçu mon scepticisme.

— Vous ne l'avez pas crue ?

— Non, tout ça c'était grotesque pour moi. Ne vous méprenez pas. Je suis moi-même croyant. J'ai été élevé dans la foi catholique, et même si je ne suis pas très pratiquant, c'est très important dans ma vie. J'ai un profond respect pour toutes les formes de spiritualité et pour toutes les croyances, quelles qu'elles soient. Mais de là à m'en laisser convaincre, c'est une autre histoire.

— Homme de foi et homme de science. Ça ne doit pas toujours être évident à concilier.

— À vrai dire, ça ne m'a jamais vraiment posé de souci. J'imagine que vous êtes athée.

— Agnostique jusqu'à la moelle.

— Alors pour vous il n'est pas plus farfelu de croire en l'existence des fées que de croire en Dieu ?

— Disons que je partage votre respect pour toutes les croyances, tant qu'elles véhiculent des valeurs morales compatibles avec les miennes. Donc, elle ne s'est pas davantage justifiée concernant son intrusion à votre domicile ?

— Non, pas vraiment. À la fin du repas, elle m'a à nouveau remercié pour les documents que je lui avais prêtés. Elle m'a certifié que ça lui avait été d'une grande aide, et elle voulait savoir si j'accepterais de l'aider à nouveau.

— De quelle façon ?

Il se gratta le sourcil et se frotta l'arête du nez trois d'affilée une nouvelle fois avec un sourire embarrassé.

— Elle m'a proposé une séance de méditation conjointe. Le but était de se connecter avec nos « moi » antérieurs et de les connecter entre eux dans l'espoir d'en apprendre plus sur *La Tombe*. Ou plutôt sur la vie de ses occupants.

— Et vous avez accepté ?

— Oui...

Cette fois, il se mordit la lèvre avant de pousser un court soupir.

— ... La soirée était déjà bien avancée. Nous avions un peu bu. J'espérais qu'elle allait me proposer de rester dormir. Alors, je me suis dit que s'il n'y avait que ça pour lui faire plaisir, ça ne risquait rien d'essayer. Elle m'avait présenté cette expérience comme quelque chose d'aussi inoffensif qu'un exercice de yoga.

— Vous semblez penser que ce n'était pas tout à fait le cas.

— Aujourd'hui, je suis *certain* que ça n'était pas aussi inoffensif qu'elle le prétendait.

— Pouvez-vous me décrire ce qu'il s'est passé ?

— Elle m'a demandé de m'allonger dans son lit, un matelas posé à même le sol. Et elle s'est installée à côté de moi, en restant assise sur ses talons. Je me souviens qu'elle m'a d'abord invité à me détendre, à relâcher mes muscles, à respirer profondément, rien qui sorte de l'ordinaire pour un exercice de relaxation. Elle parlait très bas et elle se balançait doucement d'avant en arrière. J'ai eu l'impression qu'elle rentrait dans une sorte de transe. Ensuite, c'est assez confus. Je me souviens que j'étais totalement captivé par sa voix mais je suis incapable de me rappeler ce qu'elle disait. Au bout d'un moment, j'ai réalisé que je ne pouvais plus bouger, ni mes bras, ni mes jambes, ni aucune partie de mon corps. Étrangement, je n'étais ni effrayé ni surpris par ces sensations. Puis j'ai eu l'impression de m'enfoncer dans le matelas, et juste après, j'ai ressenti un bien-être très intense. Je ne saurais pas comment décrire cet état autrement. Nous étions comme suspendus dans le temps, absolument invulnérables, à l'arrêt. J'ai cherché à faire durer cette sensation le plus longtemps possible, en gardant les yeux grands ouverts, fixés sur elle...

Le sujet avait prononcé les dernières phrases avec lenteur, en parlant de plus en plus bas, presque par automatisme. Son regard vague s'était accroché quelque part derrière mon épaule. Je notai sa respiration lente, ses paupières mi-closes. J'eus l'impression qu'il observait ce qu'il m'avait décrit comme si cela se déroulait à nouveau sous ses yeux, comme si la simple évocation de ce souvenir l'avait amené à se replonger dedans au point de revivre la scène. Je crus qu'il était sur le point de s'endormir, mais cela ne dura qu'un très court instant, à la suite duquel il se redressa, revenant à lui complètement, et reprit son récit comme si de rien n'était.

— ... Ensuite, j'imagine que je me suis endormi. C'est tout ce que je me rappelle de notre première *séance*, comme elle appelait ça.

Il n'avait visiblement pas conscience de son moment d'absence. Intrigué, je me promis de revenir sur le phénomène auquel je venais d'assister dans la suite de notre entretien.

— Rien concernant vos « moi » antérieurs ?

— Si jamais nous avons réussi à les contacter, je n'en ai gardé aucun souvenir. Tout ce que je sais, c'est que je me suis réveillé exactement dans la même position le lendemain matin. Je n'avais pas dormi autant d'heures d'affilée depuis un bon moment. Je tenais une forme olympique. Elle était assise sur le rebord du matelas, dos à moi. Elle portait juste une petite culotte et un tee-shirt trop large en guise de pyjama. J'ai tenté une approche. Ça ne lui a pas plu. Du tout. Elle m'a demandé de partir, alors c'est ce que j'ai fait.

— Que voulez-vous dire par *une approche* ?

Le coude toujours en appui sur la table, sa main vint recouvrir sa bouche tandis qu'il fixa des yeux un point sur le sol pendant quelques instants, avant de les relever vers moi. Ce regard fut d'une telle intensité qu'il me donna le sentiment que, s'il avait pu, il se serait levé et aurait envoyé valser la table. Mais, sans bouger d'un millimètre, il m'adressa aussitôt un sourire aimable, bien que forcé. Cette manifestation d'hostilité à mon encontre était du même ordre que celle qu'il m'avait témoigné en évoquant les photos de Laura, mais beaucoup plus puissante. J'en conclus que c'étaient mes tentatives d'intrusion dans leur intimité qui déclenchaient cette violence chez lui. Mais tandis que sa remise en question de mon objectivité avait été oralisée, franche et directe, cette nouvelle démonstration d'agressivité ne reposait que sur un coup d'œil subreptice. Je ne sus déterminer si ce dernier constituait un signal de menace volontaire, ou s'il lui avait tout simplement échappé. Dans tous les cas, il savait que son seul choix était de coopérer.

— Je me suis rapproché d'elle. Lentement, pour qu'elle m'entende bouger. Je lui ai laissé sentir mon souffle sur sa nuque et j'ai commencé à l'embrasser doucement. Elle m'a laissé faire. Puis j'ai passé une main sous son tee-shirt. C'est là qu'elle s'est levée d'un bond et qu'elle m'a gentiment invité à foutre le camp.

J'avais le sentiment qu'il avait cherché à me mettre mal à l'aise en me fournissant cette abondance superflue de détails, comme s'il avait voulu que je culpabilise d'avoir posé la question. J'eus du mal à retenir un sourire amusé. Il en fallait un peu plus pour m'atteindre.

— Qui aviez-vous le sentiment d'avoir en face de vous à ce moment-là ? La femme en détresse ou celle qui vous avait accueilli la veille ?

— Ni l'une ni l'autre. C'était une personne différente encore. Une boule de nerfs, pleine de colère, de désir aussi. Impulsive. Violente.

— Elle s'est montrée violente envers vous ?

— Pas physiquement, non. Mais j'avais le sentiment qu'elle en aurait été capable. C'était plus son changement d'attitude qui a été violent, pour moi. Ça peut sembler bête mais j'avais l'impression qu'un vrai lien s'était tissé entre nous au cours de la soirée.

— Ça vous a mis en colère ?

— J'étais horriblement frustré. Ça a été un rejet assez douloureux, je dois dire. Sur le coup, j'étais terrassé. Lorsque je suis parti ce matin-là, je pensais ne jamais la revoir.

— Et vous ne l'avez effectivement pas revu pendant presque trois semaines, c'est ça ?

— Tout à fait.

— J'aimerais revenir sur cette période. D'après vos collègues, vous avez travaillé de chez vous principalement, ce qui n'était pas dans vos habitudes. Pourquoi ce changement ?

— J'ai délaissé mes travaux en cours pour revenir à *La Tombe*. J'avais tout ce qu'il fallait pour travailler dessus chez moi, et j'avais peur de devoir me justifier vis-à-vis de mes collègues. Pour eux, *La Tombe* est une affaire réglée.

— Pas pour vous ?

— C'est plus compliqué que ça.

— Je vous écoute.

— Le site de fouille de *La Tombe* nous raconte l'histoire du massacre d'un village entier. Un conflit local qui n'a, *a priori*, laissé aucun survivant. Les corps de *La Tombe* sont remarquablement bien conservés par rapport aux autres, pour la simple et bonne raison qu'aucun autre habitant du village n'a eu le droit à une sépulture. L'homme et l'enfant ont été tués sauvagement, comme tous les autres, c'est indiscutable. Mais j'ai toujours pensé que le cas de la femme était différent. La plupart de mes collègues vous diront qu'il n'y a pas de preuves tangibles qui permettent d'appuyer cette hypothèse. Je vous dis qu'il n'y en a pas davantage pour la réfuter. Contrairement à tous les autres, le squelette de cette femme ne porte aucune trace de mort violente. Vous avez vous-même parlé d'un

« spectacle poignant ». En effet, leur disposition a quelque chose de très théâtral, comme une mise en scène. Je suis convaincu qu'elle n'est pas le fruit du hasard. Elle a été pensée et choisie. Ce qui nous amène à la question cruciale, la seule à laquelle il suffirait de répondre pour résoudre toute cette affaire : qui a creusé *La Tombe* ?

— Vous avez bien une hypothèse là-dessus ?

— Réfléchissez, Docteur. Pour quelle personne était-il essentiel que cet homme et cet enfant disposent d'une sépulture ?

— La femme... Mais comment serait-elle morte alors ?

— Ma principale hypothèse était qu'elle était morte d'inanition jusqu'à ce que Laura m'affirme qu'elle avait pris du poison. Et pour tout un tas de détails que je vous épargnerai, ça colle mieux.

— Elle aurait creusé la tombe, et se serait allongée à côté des corps de son enfant et de son mari avant de se donner la mort ?

— C'est ce que je pense.

— Quand vous a-t-elle parlé de cette histoire d'empoisonnement ?

— Lorsque je suis retourné la voir à son domicile trois semaines plus tard.

— Donc vous l'ignoriez encore quand vous avez décidé de reprendre vos recherches sur *La Tombe*.

— Oui, mais le fait d'avoir rencontré cette femme qui prétendait être la réincarnation de la clé du mystère... Ça a fait ressurgir mes interrogations. J'avais besoin de tout reprendre dans le moindre détail, de m'assurer que je n'étais pas passé à côté de quelque chose.

— Vous envisagiez d'utiliser la connexion spirituelle entre Laura et la femme de *La Tombe* ?

— Non, absolument pas. Je vous ai dit que je n'y croyais pas.

— Pourtant, ça devait être plutôt séduisant comme idée pour vous. Pour l'archéologue qui enquête sur un mystère concernant une femme morte il y a plus d'un millénaire, et qui tombe subitement sur sa réincarnation. Il y aurait de quoi y voir un cadeau du ciel.

— Je n'y croyais pas.

Devant la fermeté de sa réponse, je décidai de ne pas insister davantage.

— Et maintenant ?

— Maintenant, je ne sais plus ce que je crois.

— Pendant cette période, vous n'avez vu ou été en contact avec personne ?

— J'ai reçu un appel du Père Joseph.

— Ah oui, j'ai ici son témoignage. Vous lui avez confié souffrir de troubles du sommeil.

Je dérangeai quelques feuillets du dossier au hasard, les parcourant par réflexe d'un œil distrait.

— Oui. Je fais de l'insomnie régulièrement.

— Avez-vous déjà consulté par rapport à cela ?

— Une fois seulement. On m'a donné tout un tas de mesures hygiéniques à appliquer : limiter l'utilisation d'écran le soir, éviter le café, faire du sport le matin, ce genre de choses. Mais je n'ai jamais été très rigoureux.

— Vous n'avez jamais pris de traitement médicamenteux ?

— J'imagine que le whisky n'est pas considéré comme un traitement médicamenteux, Docteur ?

— Non, Thomas, ça n'en est pas un.

Il présenta ses paumes vers le ciel avec une mine contrite, puis rejoint les mains, doigts écartés, avec un haussement d'épaule désinvolte.

— Depuis combien de temps pensez-vous souffrir d'insomnie ?

— Je dirais depuis que je suis venu vivre à Paris, il y a cinq ans.

— Des difficultés à l'endormissement ?

— Oui, j'ai toujours été plutôt du soir, je pense. Mon médecin m'avait conseillé de ne pas rester des heures au lit dans l'espoir de m'endormir, mais plutôt de me lever et de faire une activité calme comme lire ou boire une tisane en attendant de me sentir plus fatigué... En temps normal, quand je n'arrive pas à dormir, je suis la première partie du conseil, c'est-à-dire que je me lève, mais après j'ai plutôt tendance à boire un verre et à travailler sur mon ordinateur ou à regarder la télévision. Je m'endors tard dans la nuit, entre quatre et six heures, ce qui fait que j'ai beaucoup de mal à émerger à sept heures quand mon réveil sonne. Du coup, le matin, c'est la course, j'arrive en retard au musée avec le sentiment que tout le monde me regarde de travers, comme si j'étais feignant, alors que je viens de passer la nuit à travailler. C'est une raison supplémentaire qui m'a encouragé à poursuivre mes recherches depuis mon domicile. Quand je suis chez moi, personne ne me juge parce que je fais ma nuit de cinq heures du matin à une heure de l'après-midi comme un ado de quinze ans.

— À quelle fréquence cela vous arrive-t-il ?

— Ça peut varier d'une fois dans la semaine à une fois tous les deux jours, voire plus. J'ai l'impression que c'est par période. Je peux passer deux mois entiers sans faire une seule crise, et puis, sans que je comprenne pourquoi, ça revient.

— Des somnolences pendant la journée ?

— Non. J'ai du mal à me concentrer mais je ne tiens pas en place. J'essaye de rester actif le plus possible. Je ne veux pas montrer que je suis fatigué.

— Vos collègues ne sont pas au courant que vous souffrez de troubles du sommeil ?

— Juste Robert.

— Vous avez souffert de ces crises pendant ces trois semaines ?

— Oui mais c'était différent de d'habitude. La première semaine, j'ai pu dormir à mon rythme et ça m'a fait du bien. Mais la semaine d'après, je me suis réveillé à sept heures tous les matins, quelle que soit l'heure à laquelle je m'étais endormi, et la semaine suivante, c'était pire encore. Je ne sais même pas si j'ai fermé l'œil une seule fois.

— Que faisiez-vous de tout ce temps d'éveil ?

— Je travaillais. Je lisais la Bible et je priais, aussi, plus que d'habitude. Il faut croire que ça n'a pas suffi à chasser mes démons.

— De quels démons parlez-vous ?

— Ceux qui flattaient mon orgueil, qui me poussaient à m'entêter dans mes recherches, qui me persuadaient que j'avais raison et que tous avaient tort, qui me laissaient croire jour après jour que j'étais à deux doigts de percer le mystère... ce genre de démons.

— Vous avez fait des progrès dans vos recherches au cours de ces trois semaines ?

— Pas le moindre.

— Pourquoi ces recherches étaient-elles si importantes pour vous ?

— Jésus a dit : « Que celui qui cherche ne cesse pas de chercher, jusqu'à ce qu'il trouve. Et quand il aura trouvé, il sera troublé ; quand il sera troublé, il sera émerveillé, et il règnera sur le Tout.[1] »

J'appréciai la relative élégance de l'ellipse. Il n'était pas impératif de le pousser à m'en dire plus pour le moment. Il me restait de nombreuses cartes à abattre mais l'heure n'était pas encore venue.

— Vous avez déclaré à la police que vous aviez cru apercevoir Laura à plusieurs reprises lors de vos rares sorties pendant ces trois semaines.

— Oui, je l'ai aperçue ! Parce qu'elle me suivait réellement !

— Mais vous n'en saviez rien avant que les agents de police vous fassent part des témoignages des commerçants de votre quartier. Vous leur avez dit *avoir cru l'apercevoir*. Vous pensiez être sujet à des hallucinations ?

---

[1] Évangile selon Thomas, logion n°1.

— Je n'irai pas jusque-là. Mais je pensais très souvent à elle. Au début, j'ai mis ça sur le compte de ma frustration. Et puis, les jours passant, j'ai fini par me dire qu'il y avait peut-être quelque chose de plus profond...

— Des sentiments plus profonds ?

— Je ne suis pas un petit garçon, Docteur. J'ai déjà été amoureux. Ça n'était pas ça.

— Un autre démon ?

— Je crois que pour moi les mystères entourant *La Tombe* et entourant Laura ne faisaient qu'un. J'avais l'impression que d'une façon ou d'une autre, elle pourrait m'apporter des réponses. J'ignorais comment puisqu'encore une fois, je ne pensais pas qu'elle avait réellement des visions du passé. Mais je n'arrivais pas à me défaire de cette intuition. C'est pour ça que j'ai fini par retourner chez elle. J'étais prêt à abandonner mes recherches. Elles ne me menaient nulle part de toute façon. Mais avant, j'avais besoin de mettre un point final à cette affaire. Et j'espérais qu'elle pourrait au moins m'aider à dormir un peu.

— Cette fois-ci, comment était Laura lorsque vous êtes arrivé chez elle ?

— Accablée de chagrin. Je me suis senti très égoïste. J'avais totalement oublié mes bonnes intentions du départ. J'avais été trop absorbé par mes propres problèmes pour me souvenir qu'elle en avait sûrement plus que moi. Nous sommes restés chez elle. Ni elle ni moi n'étions très en forme. Je lui ai parlé de mes recherches. C'est là qu'elle m'a dit que la femme de *La Tombe* avait elle-même pris place dans la sépulture et qu'elle avait volontairement ingérer un poison mortel. Elle était bouleversée, comme si elle l'avait vraiment vécu. Alors elle m'a confié que dans sa vie *actuelle*, elle avait subi une tragédie du même genre. Elle m'a dit qu'elle avait perdu son époux et sa fille dans un accident de voiture, alors que c'était elle qui conduisait, des années auparavant. Mais j'imagine que vous avez plus de détails que moi là-dessus.

J'avais effectivement pu lire que les corps de Driss, côté passager, et de Lisa Tarroux, à l'arrière, avaient été retrouvés dans la carcasse de leur véhicule, dans le fossé d'une départementale, huit ans auparavant. Celui de Laura était manquant. Elle avait donc été portée disparue et recherchée pour homicide involontaire. Mais vu l'état de la voiture, tout le monde l'avait crue morte. Jusqu'à ce qu'on réalise que la femme interpellée au domicile de Thomas correspondait à la description de Laura Tarroux. C'était grâce à la mention de l'accident de voiture par Thomas lors de sa déposition que le lien avec l'avis de recherche avait pu être fait. Le permis de conduire de Laura Tarroux ainsi que sa carte d'identité avaient ensuite été retrouvés dans son appartement. D'après une de ses amies proches, avant l'accident, Laura Tarroux consommait déjà des anxiolytiques à des doses bien supérieures à ses prescriptions.

— Ces faits ont été confirmés. Je ne peux pas vous en dire plus. Vous avez passé la nuit chez elle à nouveau ?

— Non, je suis rentré vers 23h30, en taxi. Mais nous avions prévu de nous revoir, le weekend suivant. Parler nous avait fait du bien à tous les deux. Elle est restée très calme tout du long et je suis reparti avec un sentiment d'apaisement. Je n'avais pas résolu le mystère de *La Tombe* mais j'avais gagné une amie. En rentrant, je me suis écroulé dans mon lit. Je n'ai rouvert les yeux qu'à 7h30 et je suis retourné à mon bureau.

— Vous avez donc abandonné vos recherches sur *La Tombe* ?

— Oui, j'ai repris mes travaux en cours. Mises à part les quelques vannes auxquelles j'ai eu droit de la part de mes collègues, c'était comme si je reprenais ma vie là où je l'avais laissée, comme si les trois semaines qui venaient de s'écouler n'étaient déjà plus qu'un mauvais rêve.

— Ce qui nous amène aux événements de la soirée du 4 février.

— Ce jour-là, je suis sorti du musée aux alentours de 19h. J'avais envie de profiter encore de ma journée avant de rentrer alors je suis allé traîner un dans un bar pas très loin de chez moi. J'y ai rencontré une jeune femme très charmante. Nous avons discuté de choses et d'autres, bu quelques verres. Je n'ai pas vu le temps passer et à la fin de la soirée, quand le bar fermait, je lui ai proposé de venir chez moi. Nous avons fait l'amour et nous nous sommes endormis aux alentours de 4h00 du matin, je dirais.

— Comment qualifieriez-vous ce rapport sexuel ?

— Je vous demande pardon ?

— Ce n'est pas une question piège, Thomas.

Son visage affichait une expression gênée. Je notai pourtant une absence totale de tics nerveux, contrairement à précédemment.

— Je ne sais pas... c'était bien. Caroline est une fille très sympa.

La femme avec laquelle mon patient avait passé la nuit se nommait Coralie Vasseur, et non Caroline. D'après son témoignage, elle semblait garder un souvenir un peu plus mémorable de leur soirée : « Thomas est un coup en or. C'est aussi un vrai connard. Il avait promis de me rappeler. J'attends toujours ».

— Avez-vous tenté de reprendre contact avec elle après cette nuit-là ?

— Non, vous pensez bien, avec ce qui s'est passé. J'avais d'autres choses en tête.

— Vous lui aviez dit que vous la recontacteriez ?

— Certainement, mais je ne pense pas avoir jamais vraiment eu l'intention de le faire... Donc, je me suis réveillé vers 5h30, par-là, et je suis allé dans le salon pour laisser Caroline finir sa nuit tranquillement. Les cambrioleurs ont défoncé ma serrure environ un quart d'heure après, mais lorsqu'ils m'ont trouvé face à eux, en plein milieu de l'appartement, j'imagine qu'ils ont paniqué et ils ont pris la fuite. Comme quoi, ça a parfois du bon d'être insomniaque.

— Et vous n'avez pas jugé utile de prévenir la police ?

— Le seul dommage était ma serrure et je n'avais pas pu discerner leur visage dans le noir. J'ai pensé que déclarer l'incident ne mènerait nulle part. J'ai préféré m'épargner cette peine. Et puis je venais d'avoir la peur de ma vie. Je pensais à tout sauf à des démarches administratives.

— Que faisiez-vous durant le quart d'heure avant la tentative d'effraction, tout seul dans noir ?

— Je me suis resservi un verre, je crois.

— Vous pensiez à votre travail ? Des projets ? *La Tombe* ? Qu'aviez-vous en tête ?

— Laura. Je pensais à Laura. À la façon dont elle avait perdu sa famille. Je me demandais ce qu'elle faisait, avec qui elle était.

À ce stade de la procédure, mon patient ignorait encore qu'au moment du cambriolage, Laura Tarroux se trouvait proche de son domicile, rue de Meudon, dans le quartier Rives de Seine à Boulogne Billancourt. Des voisins l'avaient vue sortir de l'immeuble de Thomas peu de temps après deux hommes qui pouvaient correspondre à la description des supposés voleurs.

— Le bruit n'a pas réveillé Mlle Vasseur ?

— Non, elle dormait comme une masse. Je lui ai appelé un taxi une heure et demie plus tard, quand j'ai réussi à reprendre mon souffle. J'étais sous le choc. Elle m'a trouvé pâle et elle m'a demandé comment j'allais mais je ne lui ai rien dit à propos de l'effraction. Je ne voulais pas lui faire peur pour rien.

— Pourquoi lui avoir caché ce qu'il s'était passé ?

— J'avais honte. Si les voleurs n'avaient pas été encore plus pétochards que moi, je ne crois pas que j'aurais été capable de faire grand-chose pour la défendre. Après la nuit que je venais de passer, je me sentais incapable de retourner au musée. Rien qu'à l'idée de prendre le métro, j'avais des sueurs froides et des palpitations. Je ne supportais pas non plus l'idée de rester dans cet appartement. J'ai appelé mon directeur d'unité pour lui raconter ce qui venait de m'arriver et lui demander de m'accorder une journée de congé. Il m'a vivement conseillé d'en prendre deux et de partir en weekend quelque part, hors de Paris. J'y ai vu une bonne occasion de rendre visite au Père Joseph. Ça faisait une éternité que je le lui promettais.

— Avez-vous informé Laura que vous comptiez partir en Bretagne?

— Laura n'a pas de portable mais j'avais le numéro du concierge de son immeuble. Je lui ai laissé un message pour elle.

— Que disait ce message exactement ?

— Je lui ai demandé de dire à Laura que je ne pourrai finalement pas revenir la voir dans le weekend, que j'allais bien, mais que je devais partir quelques jours, et que je lui rendrai visite dès mon retour... Et aussi, que la fenêtre était toujours ouverte.

Le concierge avait confirmé la réception de cet appel téléphonique ainsi que son contenu. Il l'avait transmis à Laura un peu après midi, lorsqu'elle était rentrée du musée. Je me fis la réflexion que ce coup de fil était en quelque sorte le déclencheur des événements tragiques qui s'étaient ensuite déroulés dans l'appartement de la rue

Meudon, pendant que Thomas était en Bretagne. Même si le contenu du message paraissait tout à fait banal, rien n'interdisait de penser qu'il pouvait s'agir d'un signal dont Laura et lui auraient préalablement convenu.

Mon patient avait-il délibérément entraîné le passage à l'acte de Laura ou n'avait-il découvert les conséquences de son appel que bien plus tard, comme il l'affirmait ? Je le regardai enfouir son visage dans ses mains. Il n'était peut-être pas coupable des charges dont on l'accusait, mais il avait bien une part de responsabilité dans les crimes qui avaient été commis. Et il le savait.

3. Lent

— Vous êtes donc parti du jeudi 5 au dimanche 8 février.

— C'est ça. J'ai sauté dans le premier avion pour Rennes et j'ai rejoint Saint-Quihouët en train. Ce séjour m'a fait énormément de bien. Je regrette de ne pas y être allé plus tôt.

— Mais vous l'aviez repoussé jusqu'alors. Vous appréhendiez de retourner à l'orphelinat ?

— Juste le voyage en lui-même. Et puis, vous savez ce que c'est, on se trouve toujours un millier d'excuses pour ne pas prendre le temps.

— Que représente cet endroit pour vous ?

— Et bien, j'y ai vécu jusqu'à mes dix-huit ans. C'est toujours ma maison, en quelque sorte. Mon foyer.

— Vous n'avez jamais cherché à en savoir plus sur vos origines ? Sur votre famille ?

— C'est fou comme votre profession ne se lasse pas de me faire ce reproche.

Une partie du témoignage de Robert refit surface dans mon esprit, lorsqu'il avait évoqué *La Tombe* et son importance pour le détenu. « C'est son point faible à Thom, cette tombe. Cette famille éternelle qui demeure à travers les siècles, alors que lui n'a jamais connu la sienne ne serait-ce qu'une seconde ». Venant de la part d'un homme qui semblait si bien le connaître, cette remarque signifiait pour moi que l'indifférence de Thomas vis-à-vis de l'histoire de ses origines devait être feinte.

— Je trouve simplement curieux qu'un homme dont la vocation est d'enquêter sur le passé se soit si peu intéressé au sien.

— Le Père Joseph est ma famille. Je n'ai manqué ni de règles, ni d'amour, ni d'attention dans mon enfance. Pourquoi est-ce si dur à accepter pour vous ?

Je notai qu'il avait mentionné qu'il n'avait pas manqué « de règles » en premier.

— Qu'auriez-vous à dire au sujet du Père Olivier ?

— La même chose, encore et toujours. Oui, c'était une ordure et un sadique. Mais non, il n'a jamais abusé de moi sexuellement. Les seuls contacts physiques qu'il y ait jamais eu entre nous étaient ceux du dos de sa main contre ma joue.

— Et avec le Père Joseph ?

Je m'étais attendu à ce qu'une telle question provoque une réaction. Mais la violence de cette dernière me prit néanmoins au dépourvu. Mon patient s'était levé brusquement, prêt à me sauter au visage, puis était parti s'appuyer contre le mur d'en face, cela en moins d'un quart de seconde. Je le vis expirer longuement avant de se retourner vers moi. Dans son regard, je rencontrai la haine à l'état pur. Cette fois, le masque était tombé.

— Vous pensez être un homme altruiste, Docteur. Vous n'avez jamais compté vos heures et vous n'avez jamais fait ça pour l'argent. Vous consacrez votre vie à tenter d'améliorer celle d'autres personnes, au détriment de votre mariage, de votre famille. Vous pensez être un homme dévoué, doté d'une certaine grandeur d'âme. Et c'est très certainement le cas. Mais laissez-moi vous dire une chose : en comparaison avec cet homme dont vous essayez de souiller le nom, vous n'êtes rien d'autre qu'un misérable fouille-merde !

— Vous souhaitez faire une pause ?

Il revint s'asseoir sur le lit. Il sortit de sous les draps un paquet de cigarettes dans lequel était également rangé un briquet, s'en alluma une, tira une longue taffe, puis expira la fumée lentement. Incommodé par l'odeur repoussante, je me retins péniblement de tousser.

— Désolé de vous avoir insulté, s'excusa-t-il. J'imagine que vous essayez simplement de faire votre boulot.

— C'est juste. Laissons cela, j'en ai vu d'autres, croyez-moi. Vous vous sentez d'attaque pour reprendre ?

Il me répondit par un simple signe affirmatif de la tête.

— Diriez-vous que le Père Joseph a fait preuve d'un certain favoritisme à votre égard, lorsque vous étiez enfant ?

— Bien sûr, ça n'a jamais été un secret pour personne. Il s'en est toujours beaucoup voulu pour ça d'ailleurs. Il aurait voulu pouvoir se consacrer à tous les pauvres gosses que nous étions de la même façon. Mais c'est lui qui m'a trouvé, alors que je n'étais qu'un bébé, lui qui m'a nourri, élevé. Notre relation a toujours été celle d'un père avec son fils.

— Cela provoquait-il des réactions de la part de vos camarades ?

— Ils étaient jaloux évidemment. Je me suis pris plus d'une raclée pour ça. J'ai toujours essayé de le cacher à Joseph. Plus d'une fois j'ai accusé à tort le Père Olivier pour mes bleus. C'était pour toutes les fois où il m'avait vraiment frappé et où je n'avais rien dit. Joseph aussi s'attirait la jalousie des autres frères. C'est allé très loin. La méchanceté leur faisait dire n'importe quoi. Ils ont même été jusqu'à l'accuser d'avoir trahi ses vœux, et d'être mon véritable géniteur.

— Vous n'avez jamais envisagé que ça puisse être vrai ?

Mon patient partit alors d'un franc éclat de rire, me laissant totalement ignorant de l'origine de son hilarité. Il lui fallut une bonne minute pour se reprendre avant de me l'exposer.

— Docteur, le Père Joseph est noir.

Fixant le teint de lait de mon interlocuteur, je réalisai qu'une fois cette information prise en compte, ma question était effectivement d'une stupidité des plus comiques. J'éloignai au plus vite l'air penaud que la honte projetait sur mon visage et poursuivis aussi impassiblement que je le pus.

— Je l'ignorais. Vous êtes donc rentré à Paris le dimanche 8 février aux alentours de 14h.

— Tout à fait. Je me suis rendu directement chez Laura. Je voulais voir si elle allait bien, si elle avait bien eu mon message. J'étais résolu à lui venir en aide. C'est sa voisine qui m'a informé qu'elle avait quitté les lieux deux jours plus tôt. Laura avait de grosses dettes de loyer et pensait qu'elle allait être expulsée d'un jour à l'autre. Je suis rentré chez moi sans la moindre piste pour la retrouver. J'étais dépité. Et puis j'ai voulu tenter ma chance au musée, car je savais qu'elle s'y rendait quotidiennement. Et elle était bien là, devant *La Tombe*. J'ai également croisé Robert. Il passait soit disant prendre quelques affaires à son bureau mais je suis sûr qu'il y avait travaillé. Et dire qu'il ose me faire la morale quand il juge que je fais trop d'heures... Enfin, je lui ai raconté ma mésaventure et ma réticence à retourner dans cet appartement où j'avais failli être attaqué. Alors il m'a proposé un logement loué par un de ses amis, avenue Maréchal Gallieni, à Conflans Sainte Honorine. J'y ai directement emménagé. Ça s'est fait très vite. On est allé récupérer les clés, puis quelques-unes de mes affaires et nous étions quasiment installés.

— Lorsque vous dites *nous*, il s'agit de Laura et vous, c'est bien ça ?

— Elle n'avait nulle part où aller alors je lui ai proposé de la dépanner, le temps qu'elle retrouve un appartement.

— Comment définiriez-vous votre relation d'alors avec Laura ?

— Amis. Colocataires.

— Pourquoi ne pas être revenu à votre bureau le lundi suivant ?

— J'étais très angoissé. J'avais peur d'être attaqué à nouveau dans la rue, dans les transports en commun. Je me disais que ça passerait, qu'il me suffisait de quelques jours tranquilles de plus. En attendant, je m'étais arrangé avec mes collègues pour les cours que je devais donner, et pour le reste, je travaillais de chez moi.

— Le fait est que vous n'êtes jamais retourné à votre bureau.

— Non. Bientôt, je l'espère, par la grâce de Dieu.

— Quand êtes-vous devenus amants avec Laura ?

— Un mois après l'emménagement environ.

— Vous pouvez m'expliquer comment ça s'est passé ?

Thomas resta un instant silencieux avant de me répondre.

— Au début, nous nous entendions très bien. Comme j'avais du mal à sortir, c'était plutôt elle qui se chargeait des courses, mais à part ça, nous nous partagions les tâches équitablement. Nous avions nos propres occupations chacun de notre côté. Une petite routine s'est très vite installée, de façon naturelle. Mais au bout de deux semaines, l'ambiance est devenue... électrique. J'étais agacé de la voir inactive. Elle passait beaucoup de temps à rêvasser à la fenêtre, à écouter les mêmes albums en boucle. Elle ne semblait pas avoir l'intention de chercher un travail, ni même être préoccupée par le fait de n'avoir aucun revenu.

— C'était donc vous qui assumiez toutes les dépenses ?

— Ce n'était pas ça le problème, nous ne manquions de rien. Ce qui m'énervait c'était de la voir s'obstiner sur ses chimères plutôt que d'essayer de trouver un moyen de s'en sortir. Elle continuait ses recherches sur la femme de *La Tombe*, sur les visions, les vies antérieures, comme si ça passait avant tout le reste. Elle pouvait rester douze heures d'affilée le nez dans un bouquin sans boire ni manger. Elle avait l'air complètement déconnectée de la réalité. Je lui en ai parlé à plusieurs reprises. À chaque fois que nous avions ce type conversation, elle faisait quelques démarches, et puis elle retournait à ses rêveries. Elle oubliait ses rendez-vous si je ne les lui rappelais pas, refusait toujours d'avoir un téléphone à elle. Sa situation n'avançait pas d'un pouce.

— Vous avez continué à l'aider pour ses recherches sur la femme de *La Tombe* ?

— Lorsqu'elle me sollicitait uniquement. Mais ça n'était pas très fréquent. Elle sentait bien que j'étais réticent et que je ne souhaitais pas l'encourager là-dedans.

— Vous souffriez encore d'insomnie à ce moment-là ?

— Plus du tout. Tant que je n'essayais pas de sortir, je me portais comme un charme. J'étais même surpris de ne pas être plus stressé par cette claustration. Mais plus le temps passait, plus je marchais sur des œufs avec Laura. Après une de nos discussions sur sa potentielle reprise d'emploi, elle s'est vexée et est sortie. Elle n'est revenue que de longues heures plus tard, avec cent euros en espèces. Elle les a jetés sur la table et elle est allée se coucher sans un mot. Je vous laisse deviner mes spéculations concernant l'origine de cet argent. Après ça, je n'ai plus osé lui faire de réflexions. Pas directement en tout cas. J'essayais de la motiver par des allusions du style « J'ai vu telle annonce... », « Je connais telle personne qui s'est reconvertie là-dedans... ». Mais la plupart du temps, elle se contentait de hausser les épaules et de dire que ça n'était pas fait pour elle. Elle répétait souvent qu'elle n'était bonne à rien. Et je me retrouvais comme un con à ne pas savoir quoi répondre. J'aurais aimé lui dire qu'elle était intelligente, travailleuse, capable d'une grande détermination. Mais ces mots-là n'arrivaient jamais à sortir, même si je pensais sincèrement chacun d'entre eux. Et puis un autre genre de tension s'était instauré. Bien sûr, la simple idée qu'elle puisse se sentir obligée de quoi que soit compte-tenu de la situation me coupait toute envie. S'il devait se passer quelque chose, il fallait que ça vienne d'elle uniquement, vous comprenez ? Mais j'avais de plus en plus hâte que ça arrive.

— Qu'est-ce qui vous faisait croire que ça allait arriver ?

— Ça va peut-être vous sembler paradoxal, mais c'est à cause de la distance qu'elle mettait entre nous. Lorsque nous nous sommes rencontrés, j'ai eu le sentiment qu'elle était relativement tactile sans que ça soit bizarre mais... Quand vous faites la bise à quelqu'un, certaines personnes prennent le temps, accompagnent leur geste d'une accolade, tandis que d'autres tendent le cou à s'en décrocher les cervicales, qu'il s'agisse d'un homme ou d'une femme d'ailleurs. Laura appartenait clairement à la première catégorie. Vous voyez ce que je veux dire ? Et je ne saurais pas exactement vous dire quand, mais à un moment, j'ai remarqué qu'elle s'était mise à faire très attention à ce que nous n'ayons jamais le moindre contact physique. Si elle me passait un objet, elle le tenait du bout des doigts. Si elle voulait emprunter le couloir alors que je m'y trouvais, elle attendait que je sois passé. Ça devenait de plus en plus net, jusqu'au jour où je me suis aperçu qu'elle ne me regardait même plus dans les yeux.

— Y avez-vous discerné un lien avec votre propre attitude ?

— Si j'ai fait quoi que ce soit qui ait pu l'effrayer, c'était bien malgré moi. Sur le moment, j'y ai beaucoup réfléchi mais ça n'était pas mon impression. Ce qu'il s'est passé ensuite me l'a confirmé.

— Qu'est-ce qu'il s'est passé ensuite ?

— Elle m'a giflé. Nous étions en train de débarrasser la table. À un moment, elle a jugé que j'étais passé trop près d'elle, alors que je mettrais ma main à couper qu'il y avait au moins cinquante bons centimètres entre nous, et elle m'a giflé.

— Comment avez-vous réagi ?

— J'ai tenté de conserver ma dignité du mieux que j'ai pu, mais quelques larmes me sont quand même montées aux yeux. Elle y était allée vraiment fort. Je me suis emporté. Je lui ai dit qu'elle était folle. Je lui ai demandé quel était son problème. Et...

Il eut à nouveau un tic nerveux, leva les yeux au ciel, puis un sourire amer se forma sur ses lèvres.

— Elle m'a répondu qu'elle m'aimait, et elle m'a embrassé.

À mon grand mécontentement, il alluma une nouvelle cigarette tout en tournant son regard humide vers un objet lointain qui devait se trouver quelque part derrière les volets.

— Vous lui avez fait part de sentiments similaires ?

— Non.

— Pour quelle raison ?

Il tira une longue taffe su sa cigarette puis expira lentement la fumée.

— Je n'avais aucune raison de lui mentir. Mentir à Laura c'est quelque chose dont je me suis toujours senti parfaitement incapable, ce serait contre-nature pour moi, d'une certaine façon. J'ignore pourquoi mais je pense qu'elle le savait, et que c'est pour ça qu'elle m'a très vite fait confiance. Et elle ne m'a jamais posé de question sur mes sentiments.

— Comment ces événements ont-ils modifié votre relation ?

— Pour commencer, nous avons passé les cinq jours suivants au lit. C'était comme si plus rien n'existait en-dehors des murs de notre appartement, comme si nous avions oublié la possibilité de faire autre chose que rire et faire l'amour. Vous avez déjà connu ça, Docteur ? Pardonnez-moi, j'imagine que vous préférez ne pas répondre à cette question.

Il écrasa brutalement sa cigarette dans un petit bol en plastique. J'ajoutais les PCB à la liste des substances cancérigènes à laquelle j'avais été exposé dans la journée.

— Lorsque j'étais jeune marié, chaque année nous laissions les enfants à mes beaux-parents pour une semaine et nous partions en vacances dans la Drôme ma femme et moi, rien que tous les deux. Pourtant, je suis bien incapable de vous raconter quoi que ce soit sur ce charmant département.

— Alors vous savez ce que c'est.

— *Nous* étions très amoureux à l'époque.

Bien que ma dernière déclaration ait été sincère, cette histoire de vacances était en revanche une pure invention. Il était hors de question que je partage des anecdotes concernant ma vie privée avec un patient. Je l'invitai à continuer.

— Je suis revenu sur terre le vendredi 13 mars. Je ne suis pas superstitieux mais je dirais que c'est à partir de là que les choses ont commencé à mal tourner. J'ai réalisé que tous les voyants étaient passés au rouge. J'avais négligé mes obligations professionnelles. J'étais terrorisé à l'idée de mettre le nez hors de chez moi. Et je vivais avec une femme au passé tourmenté, qui préférait s'inventer n'importe quelle histoire plutôt que de faire face à son deuil et je… Je sortais d'une rupture difficile. Je n'étais plus tout à fait sûr d'avoir les épaules pour tout ça.

— Votre séparation datait de combien de temps ?

— Marion et moi nous sommes séparés à la fin de l'été, donc ça devait faire sept mois.

— Combien de temps êtes-vous restés ensemble, avec Marion ?

— Ça aurait fait quatre ans en janvier. C'était du sérieux entre elle et moi. Aujourd'hui encore, je ne comprends pas pourquoi ça n'a pas fonctionné.

— Avez-vous fait part de vos inquiétudes à Laura?

— Je les lui ai faites sentir, de façon assez lâche. J'ai commencé à ranger mon bureau, à remettre de l'ordre dans mes documents, pour lui montrer que je comptais retourner au bureau le lundi suivant. Je lui ai dit qu'il fallait que je me ressaisisse, que j'affronte mes peurs, que je ne pourrais pas rester enfermé comme ça indéfiniment. Elle l'a pris pour elle. Elle m'a accusé de l'avoir manipulée, de me désintéresser d'elle parce que j'avais eu ce que je voulais. Le ton est monté. Alors elle m'a demandé si je voulais qu'elle parte. Bien sûr, je n'avais aucune envie qu'elle s'en aille, surtout que je savais très bien qu'elle n'avait nulle part où aller, mais j'étais en colère, alors je n'ai pas répondu. C'est là qu'elle a ajouté « Parce que je peux partir si tu veux. Et je partirai pour de bon. »

— C'était du chantage au suicide selon vous ?

— Je ne sais pas même pas si c'était voulu de sa part, mais c'est l'effet que ça eu sur moi en tout cas. On a discuté toute la soirée. Il y a eu de nouvelles frictions mais elle se montrait très raisonnable dans son discours, beaucoup plus pragmatique que d'habitude. Elle m'a rassuré à son sujet, au mien également. Dès le lendemain, nous avions repris notre routine comme si de rien n'était. Par la suite, nous nous sommes disputés régulièrement, toujours pour les mêmes raisons. Et ça se déroulait toujours de la même façon. Elle faisait une crise d'hystérie, avant de me rappeler à quel point elle était fragile par une menace à moitié déguisée. Une fois que j'avais eu bien peur, pour elle, pour moi, elle se mettait à me parler très calmement, jusqu'à ce que je n'aie plus peur. Et on repartait à zéro, jusqu'à ma crise de lucidité suivante. Même quand j'essayais de camper sur mes positions, il y avait quelque chose qui me poussait constamment à revenir vers elle. Ça allait bien au-delà de la simple attirance physique. Je voulais sentir ses mains dans mes cheveux et l'écouter me raconter de belles histoires, des histoires tristes, des histoires joyeuses, n'importe quelle histoire. Et je voulais croire chacune d'entre elles...

Il fit une pause et se mordit la lèvre avant de passer les mains sur son visage.

— ... Le dimanche j'ai voulu aborder le sujet d'un soutien psychologique, en lui proposant de l'accompagner. Je pensais que ça ne pourrait pas me faire de mal à moi non plus, et surtout, j'étais persuadé qu'elle ne pourrait pas s'en sortir sans l'aide d'un professionnel. Mais encore une fois, elle m'a entraîné vers un autre sujet, vers une autre histoire. Elle se demandait en quoi ou en qui sa fille avait bien pu se réincarner, si elle était devenue une autre petite fille, une hirondelle, une campanule, où elle vivait. Lundi matin, j'ai donc appelé Robert pour le prévenir que je resterais travailler chez moi encore quelques jours. Je ne lui ai rien dit mais j'ai eu le sentiment qu'il commençait à s'inquiéter. Laura était enchantée par contre. Le mardi elle a été au petit soin pour moi. À la fin de la journée, je me suis même fait la réflexion que je pourrais peut-être bien continuer à vivre de cette façon indéfiniment, que je n'avais pas besoin de sortir pour être heureux. Le lendemain matin, je me suis réveillé en me rappelant avoir eu cette idée. J'étais abasourdi d'avoir réellement pu penser une telle chose. Ça m'a fait comme un électrochoc. Cette fois, j'avais bien plus peur de rester enfermé avec elle que de sortir. Je me suis levé sans faire de bruit, pour ne pas la réveiller. Je voulais juste aller prendre l'air cinq minutes pour me prouver que j'en étais capable. Sauf que la porte d'entrée était verrouillée. Je me suis mis à remuer l'appartement dans tous les sens à la recherche des clés. Je n'ai trouvé ni les clés, ni mon téléphone portable, ni la batterie de mon ordinateur. L'appartement se situe au 6ème étage et il n'y a aucun vis-à-vis. J'ai réalisé que j'étais pris au piège. C'est là qu'elle s'est levée. Je suis sûr qu'elle m'avait entendu fouiller, et elle n'a pas pu passer à côté de la peur qui devait se lire sur mon visage. Mais elle a fait comme si de rien n'était. Quand elle est venue se lover autour de moi, je n'ai rien su dire, je n'ai pas pu bouger d'un millimètre. J'avais l'impression de redécouvrir tous les objets qui m'entouraient. Je considérai avec horreur tout ce qui pouvait lui passer sous la main. Le couteau à pain, la poêle, les câbles électriques. Tous les dangers de l'univers s'étaient concentrés entre ces murs qui me retenaient prisonnier. J'avais peur de la violence dont je l'imaginais capable. Si elle en était arrivée là, tout pouvait basculer en une fraction de seconde. J'ai décidé de marcher sur le fil, de rentrer dans son jeu jusqu'à ce qu'une occasion d'appeler à l'aide se présente, d'une façon qui ne nous mettrait pas en danger, ni elle, ni moi. J'ai vécu quatre jours comme ça. Croyez-moi, c'étaient les plus longs de ma vie. Comme si chaque seconde s'était dilatée à l'infini. Je dormais énormément pourtant. Les enquêteurs ont demandé le dépistage de principes actifs stupéfiants sur les échantillons de sang qui m'ont été prélevés. J'ignore encore les résultats.

Je savais que ces résultats s'étaient révélés négatifs mais j'avais aussi remarqué que la liste des molécules recherchées était très courte. Il est vrai que les analyses toxicologiques coûtent très cher, mais il me semblait quand même que ces recherches n'avaient été envisagées que comme une pure formalité, comme si les enquêteurs, ayant déjà tiré leurs conclusions, n'en attendaient rien de vraiment utile.

— Vous pensez qu'elle aurait pu vous droguer ?

— Je ne sais pas. Ce n'est pas impossible. C'était elle qui préparait à manger.

— Elle ne vous a pas semblé comprendre que vous jouiez la comédie pour gagner du temps, à aucun moment ?

— Non. Elle était très sereine, souriante, attentionnée sans être étouffante. Un ange, la séquestration mise à part. Tant que je me comportais de la bonne façon.

— Et c'est là qu'intervient votre ami et collègue Robert Ménard, c'est ça ?

— Comme j'étais devenu injoignable, j'imagine qu'il a eu peur que quelque chose me soit arrivé. Quand j'ai entendu sa voix à la porte, je crois bien que mon cœur a raté un battement. Laura a changé de visage. Je m'attendais à ce qu'elle fasse une nouvelle crise mais j'ai été stupéfait par son calme. Elle s'est collée dos au mur, juste à côté de la porte. J'ai vu dans son regard qu'elle avait détecté une menace. Elle avait entendu les policiers. Elle a dit à Robert que j'étais sorti, et lui a demandé de repasser plus tard. Il essayait de trouver une excuse pour rentrer. Elle trouvait une excuse pour ne pas lui ouvrir. Ça a duré un moment, jusqu'à ce que la police perde patience à mon avis. Robert avait demandé le double des clés à son ami. Au moment où il tournait la poignée, Laura s'est précipitée sur un couteau de cuisine. Un agent de police lui a tiré une balle dans l'épaule. Ça lui a fait lâcher le couteau mais ça ne l'a pas mise à terre. Elle s'est jetée sur le policier qui s'avançait vers moi. Je ne sais pas comment elle a fait pour le désarmer. Je l'ai juste vue coller une méchante droite au flic. Ce que j'ai surtout vu, c'est ses deux collègues qui la mettaient en joug derrière. Et là, comme par magie, j'ai retrouvé la parole. Je ne sais même plus ce que je lui ai dit. Elle a levé les yeux vers moi, elle m'a souri. Après ça, elle s'est laissée embarquer sans opposer la moindre résistance.

Un long silence s'installa dans la pièce. Je pouvais presque voir ses épaules s'alourdir sous le poids de la culpabilité qui le rongeait. Étrangement, il semblait se sentir responsable de l'arrestation de Laura. Je tentai de lui apporter un peu de réconfort.

— D'après les agents de police qui étaient présents, vous l'avez prise dans vos bras et vous lui avez dit que tout irait bien.

— Ah...

Il déglutit douloureusement et se mit à regarder ailleurs à nouveau. Il alluma une nouvelle cigarette, renifla discrètement, puis me présenta un large sourire, que je fus bien en peine de déchiffrer.

— ... J'ai quand même fini par lui mentir alors.

Tout dans la déposition de mon patient concordait parfaitement avec les différents éléments de l'enquête. Les caméras de surveillance du musée confirmaient les visites régulières de Laura Tarroux et sa fascination pour *La Tombe*, devant laquelle elle avait passé la plupart de ses matinées sur la période du 5 janvier au 8 février. Le témoignage de Robert Ménard confirmait la raison du retard de Thomas le mardi 6 janvier au matin, son absentéisme du 12 janvier au 4 février puis à nouveau à partir du lundi 9 février, ainsi que l'appel du 16 mars suite auquel il n'avait plus réussi à joindre Thomas.

Coralie Vasseur déclarait bien avoir passé la nuit du 4 au 5 février en sa compagnie. Enfin, le Père Joseph Guèye ainsi que divers habitants de Saint-Quihouët attestaient de la présence de Thomas du jeudi 5 au dimanche 8 février. Laura Tarroux avait été vue à plusieurs reprises par le gérant de l'épicerie située dans la rue du premier domicile de Thomas, à Boulogne Billancourt, au cours des semaines du 12, du 19 et du 26 janvier. Des voisins l'avaient également vue quitter le bâtiment de ce même appartement peu après deux jeunes hommes dans la nuit du 4 au 5 février.

Suite à leur interpellation, Laura avait été emmenée au centre hospitalier de l'Europe à Conflans pour la prise en charge de sa blessure par balle, tandis que Thomas s'était rendu au commissariat de police accompagné par son ami Robert Ménard pour enregistrer sa déposition. Une heure plus tard, l'examen clinique de Laura avait révélé des traces de sévices corporels répétés, des contusions au niveau du dos ainsi que des marques de griffures sur les cuisses. Le lendemain, Laura Tarroux avait pu être interrogée.

C'était là que la véritable descente aux enfers débutait pour Thomas Jean. Sa compagne avait dans un premier avoué avoir suivi ce dernier dans ses déplacements et avoir été témoin de la tentative d'effraction de la nuit du 4 au 5 février. Au matin, elle s'était rendue au musée comme à son habitude puis était revenue chez elle aux alentours de midi. Dès que son concierge lui avait transmis le message de Thomas, elle avait regroupé quelques affaires puis s'était introduite chez lui, par la fenêtre, pour y séjourner pendant son absence.

Mais elle avait aussi spontanément déclaré que les deux même jeunes hommes avaient à nouveau tenté de rentrer par effraction dans la nuit du 6 au 7 février, et que cette fois-ci, elle les avait tués avec un couteau de cuisine. Elle avait ensuite calmement expliqué comment elle avait caché les corps dans la cave et nettoyé les traces de sang dans l'appartement. Plus tard dans la soirée, la police avait effectivement retrouvé les cadavres à l'endroit indiqué par Laura et les analyses UV avaient révélé qu'une effusion de sang avait bien eu lieu dans le salon. Elle avait cependant affirmé qu'elle avait agi seule, sans l'aide de personne, et que Thomas n'avait jamais rien su des meurtres, qu'il n'avait même jamais eu le moindre soupçon à cet égard.

Ce dernier avait alors été placé en garde-à-vue puis mis en examen pour complicité d'homicide. Il niait avoir eu connaissance des faits et n'avait aucune information supplémentaire à apporter aux enquêteurs. Les officiers de police avaient tenté de le faire parler en lui mettant la pression avec des charges relatives aux marques de coups retrouvées sur sa compagne. Il avait admis en être responsable mais avait déclaré qu'elles étaient toutes liées à des pratiques sexuelles mutuellement consenties. Laura l'avait d'ailleurs confirmé à plusieurs reprises par la suite.

Le lundi 23 mars, c'est-à-dire la veille de notre entretien, les analyses médico-légales avaient révélé que les meurtres avaient bien eu lieu entre le vendredi 6 février au matin et le samedi 7 février au soir, dates pour lesquelles Thomas disposait d'un alibi très solide, puisque sa présence continue à plus de quatre cent kilomètres de Paris avait été attestée par de multiples témoins.

Les corps avaient pu être identifiés comme étant ceux de Daniel Ansart et Elemiah Gremillet, respectivement âgés de vingt-quatre et vingt-et-un ans, dont les parents étaient sans nouvelles depuis plusieurs mois. Leur description correspondait bien aux témoignages des voisins. Il s'agissait effectivement des deux mêmes jeunes hommes qui avaient tenté de s'introduire chez Thomas deux jours avant. Enfin, les traces de blessures à l'arme blanche, causes évidentes de la mort, coïncidaient en tout point avec les aveux de Laura.

Par la suite, les investigations avaient révélé que les victimes étaient toutes deux en rupture familiale pour des raisons similaires. Leurs proches avaient évoqué un détachement brutal vis-à-vis de tout ce qui constituait leur quotidien, leurs études, leurs relations sociales, ainsi que des paroles de plus en plus énigmatiques concernant une imminente fin du monde. Les familles avaient alors redouté que Daniel et Elemiah n'aient été recrutés par une secte, mais lorsqu'ils avaient tenté d'intervenir pour leur venir en aide, ceux-ci étaient partis et n'avaient plus jamais donné de nouvelles.

Lors de cette même journée du lundi 23 mars, les enquêteurs avaient informé Thomas des aveux de sa compagne ainsi que des preuves retrouvées dans son ancien appartement. Parallèlement, ma consœur, le Docteur Maria-Angelica Alves, avait réalisé l'évaluation psychiatrique de Laura puis l'avait faite transférer rue Cabanis, à l'infirmerie psychiatrique de la préfecture de police, l'IPPP, rattachée au groupement hospitalier Sainte-Anne.

À ce stade de notre entretien, je pensais avoir suffisamment cerné mon patient pour me permettre de rentrer dans le cœur du sujet et tenter d'obtenir les réponses que l'instruction espérait obtenir de mon expertise. Je peux résumer comme suit le premier portrait que j'avais pu dresser de l'homme que j'avais en face de moi. Thomas Jean, trente-six ans, avait été abandonné à la naissance et recueilli dans un orphelinat catholique où il avait vécu jusqu'à ses dix-huit ans. Il y avait été victime de maltraitance physique, à l'instar d'autres pensionnaires, de la part du Père Olivier, mais pas d'abus sexuel.

Il avait fait ses études à la faculté de Rennes où il avait obtenu d'excellents résultats et s'était plus tard illustré par la réalisation d'une thèse de doctorat brillante sur *La Tombe*. Il avait emménagé à Paris lorsqu'il avait accepté un poste au musée de l'Homme et y avait retrouvé Marion Neumann, ancienne camarade de fac. Ils avaient partagé presque quatre ans de vie commune avant de se séparer. Il avait de bons rapports avec ses collègues de travail et entretenait une amitié sincère avec Robert Ménard, également rencontré sur les bancs de la faculté. Voilà ce que j'avais pu trouver dans le dossier qu'on m'avait remis.

Notre entretien m'avait de plus appris jusqu'ici que Thomas était un homme cultivé, qui maîtrisait parfaitement les conventions sociales et l'apparence qu'il se souhaitait se donner vis-à-vis de son interlocuteur. Il possédait en outre un certain charisme ainsi qu'un bon sens de la rhétorique qu'il n'hésitait pas à utiliser pour parvenir à ses fins. Il pouvait parfois avoir recours au mensonge lorsqu'il s'agissait de séduire une femme, par exemple, et ne s'en cachait d'ailleurs pas le moins du monde.

J'avais à faire à un tempérament solitaire et anxieux à en croire ses tics nerveux et ses problèmes d'insomnie, à tendance mélancolique voire dépressive, qui se portait facilement vers l'isolement social. Sa monomanie s'exprimait particulièrement lorsqu'il se consacrait à *La Tombe*, qui semblait être, avec Laura, son matériel obsessionnel favori. À cela venait s'ajouter ses troubles du sommeil. Mon diagnostic s'orientait vers un syndrome hypernycthéméral qui, n'ayant pas été pris en charge, s'était développé en insomnie psychophysiologique, aggravée par une consommation excessive d'alcool, de tabac et une mauvaise hygiène du sommeil.

Il possédait indiscutablement une haute capacité d'auto-analyse de ses propres mécanismes psychologiques, ce que nous appelons l'*insight* dans notre jargon. Je pensai notamment à cette *condescendance fantasmée,* sur laquelle je m'étais promis de revenir, et que j'imaginais en lien avec ses préférences sexuelles. Sur le plan de la construction affective, il avait véritablement sacralisé l'image du père, pour des raisons évidentes, de même que celle du meilleur ami. Il me semblait qu'il se contentait d'un seul référent pour chaque type de relation affective, avec lequel il entretenait des rapports quasi-exclusifs. Cela faisait de lui un homme potentiellement jaloux et possessif.

Cette phrase me revenait à l'esprit : « Elle était un mystère que j'allais résoudre, et je ne voulais voir personne s'immiscer dans la partie ». Laura était-elle parvenue à rentrer dans le cercle très fermé de ses référents ? D'un côté, il s'évertuait à refouler ses sentiments pour elle. De l'autre, il avait dès leur rencontre ressenti le désir de s'enfermer avec elle dans une relation interdite et secrète, et plus important encore, idéalisée. L'apparition de la figure de la demoiselle en détresse, le déni mêlé de fantasme vis-à-vis de ses supposées activités de prostitution, l'interdiction absolue du mensonge vis-à-vis de cette femme en particulier, la colère provoquée par mes tentatives d'intrusion dans leur intimité, tout portait à croire qu'il lui avait très vite réservé une place centrale dans sa vie.

J'avais remarqué qu'il avait mentionné qu'il n'avait pas manqué « de règles » pendant son enfance, en premier, avant de mentionner l'amour et l'attention. Compte-tenu de la valeur qu'il accordait à l'éducation qui lui avait été transmise, il était facile d'imaginer qu'il octroyait une grande importance à ses capacités d'autocontrôles. Mais s'il s'évertuait, malgré la fatigue, à rester maître de lui-même en toutes circonstances, il n'était pas non plus impossible de le faire sortir de ses gonds en le provoquant sur des sujets sensibles.

Sa tolérance au blasphème était assez limitée, comme en attestait sa réaction à mes insinuations concernant le Père Joseph. Il y avait bien de la violence en lui, comme en chacun de nous, mais ses impératifs moraux l'obligeaient à la contenir quel qu'ait été l'outrage. J'attribuai en partie cela à son éducation et à sa religion, en partie à son orgueil intellectuel. Il devait rechigner à se livrer à quelque chose d'aussi vil et médiocre que la violence physique. Il y avait aussi probablement un brin de lâcheté derrière cela, puisque lui-même se considérait comme un « pétochard ».

Son orgueil avait été blessé par son incapacité à venir en aide à Laura, mais aussi par ses non-dits ou ses mensonges, par l'erreur de jugement qu'il avait commise en plaçant sa confiance en elle. Il semblait d'ailleurs bien plus lui reprocher d'avoir trahi cette confiance que d'avoir commis deux meurtres.

J'avais également l'impression qu'il s'accusait d'avoir désiré cette proximité extrême avec elle, en se coupant de tout le reste. Il culpabilisait d'avoir recherché une situation dont il avait ensuite totalement perdu le contrôle, au point de se retrouver réellement prisonnier, comme s'il pensait que, quelque part, il l'avait bien cherché. Ce genre de pensées est assez typique des victimes d'abus et de maltraitance, qu'elles soient sexuelles, physiques ou morales.

Je n'avais pas exclu d'avoir à faire à un manipulateur qui aurait cherché à susciter ces premières impressions. Trop de questions restaient sans réponse. Des pans entiers de l'affaire baignaient encore dans l'étrange et le mystérieux. Que penser des aveux spontanés de Laura, alors même que les corps n'avaient pas été signalés ? Que penser de l'alibi si parfait de Thomas ? Que penser des griffures et des contusions ?

J'étais très bien placé pour savoir que la pathologie mentale de Laura faisait d'elle une personne extrêmement vulnérable bien avant d'en faire une coupable toute désignée. Lors de mes conférences, en particulier celles adressées au grand public, je ne me lasse jamais de répéter que quatre-vingt-quinze pourcents des crimes sont commis par des personnes qui n'ont pas de trouble mental, mais que, par contre, les patients psychiatriques sont douze fois plus souvent victimes de crimes que la population générale, et que la plupart des violences qu'ils infligent sont dirigées contre eux-mêmes.

Et si ces deux jeunes hommes n'étaient pas des cambrioleurs ? S'ils avaient eu un autre lien avec Thomas ? S'ils avaient bien fait partie d'une secte aux desseins obscurs ? Et si Laura n'avait pas commis ces meurtres, mais que pour une raison ou une autre, Thomas avait fait pression sur elle pour la pousser à avouer ?

Il appartenait à Maria-Angelica de déterminer quel crédit attribuer aux aveux de Laura. En revanche, il m'appartenait de déterminer s'il était raisonnable d'imaginer que Thomas ait pu se servir d'elle pour couvrir quelqu'un d'autre, ou pire encore, s'il l'avait incitée à commettre les meurtres. Je devais l'interroger sur les événements qui avaient eu lieu, le pousser dans ses retranchements jusqu'à découvrir s'il était dans le déni, le mensonge, la manipulation, ou s'il disait simplement la vérité.

4. Lent (sans presser)

— Vous aviez des soupçons sur ce qu'il s'est passé pendant votre séjour en Bretagne ?

— Laissez-moi clarifier votre question. Vous me demandez si je me doutais que la femme avec laquelle je partageais chaque minute de ma vie était un assassin, c'est bien ça, Docteur ?

— La culpabilité de Laura n'a pas encore été établie.

— Mais elle a avoué les meurtres.

— Que pensez-vous de ses aveux ? Vous y croyez ?

— J'aimerais pouvoir vous dire que non.

— Vous l'imaginez capable de prendre une vie de sang-froid ?

— Ça dépend de quelle Laura on parle. Comme je vous l'ai dit, parfois, j'avais l'impression qu'elle était capable d'une grande violence, comme s'il y avait une rage immense en elle. Mais ça ne veut pas dire qu'elle voulait du mal à qui que ce soit.

— Elle s'est pourtant montrée violente envers vous, lorsqu'elle vous a giflé. Est-ce qu'il y a eu d'autres incidents comme celui-ci ?

— Non, pas que je me souvienne. Laura serait incapable de me faire du mal. Encore aujourd'hui, j'ai totalement confiance en elle. Je pourrais lui laisser me braquer un flingue sur la tempe sans verser une seule goutte de sueur.

— Ce n'est pas ce que vous disiez tout à l'heure. Lorsque vous avez compris qu'elle vous séquestrait, vous avez dit que vous vous êtes mis à redouter tout ce qui pouvait lui passer sous la main comme si elle pouvait s'en servir comme une arme contre vous. Vous avez dit que vous aviez peur d'elle, que vous vous sentiez en danger.

— Ce n'est pas tout à fait ce que j'ai dit.

— Vous voulez qu'on réécoute l'enregistrement ?

Prenant conscience de l'incohérence de ses propos, il sembla vouloir rétorqua quelque chose pour se rattraper, mais s'abstint finalement, et se contenta d'un sourire embarrassé.

— J'avais le sentiment d'être en danger, c'est vrai. Mais je dois avouer que ce dont j'avais peur par-dessus tout, c'était de la perdre, que notre relation se dégrade ou qu'elle se fasse du mal. Dans mon esprit, les deux sont très fortement liés. Un lien de dépendance presque physique s'était établi entre nous. Et aussi... j'avais peur de la façon dont elle pouvait se servir de moi. Comme si elle pouvait me faire accepter le fait de rester enfermé dans cet appartement, comme si à chaque instant, j'étais sur le point d'oublier que ça n'était pas naturel, d'abandonner l'idée même de sortir.

— Par quels moyens aurait-elle pu vous faire oublier qu'elle vous séquestrait ?

— Elle avait ses méthodes pour m'amener exactement là où elle voulait. Pas de la violence physique, des méthodes plus douces.

J'eus le sentiment que le regard de mon patient s'accrochait à nouveau au mur derrière mon épaule. Mais ça ne dura qu'un quart de seconde. Il répéta à nouveau son tic nerveux et soupira. Il semblait pris dans un dilemme duquel il ne parvenait pas à s'extirper, quelque part entre le silence le plus coupable et les aveux les plus honteux. Je suspectai que tout ce qu'on avait pu lui mettre dans le crâne depuis sa plus tendre enfance en relation avec la notion de péché jouait un rôle dans cette hésitation. Je me décidai donc à lui venir en aide.

— Vous parlez de sexe ?

Le ton sur lequel il me répondit démenti mes précédentes suppositions.

— Pas seulement. Le sexe en faisait partie, évidemment, mais davantage comme une conséquence. C'était plus dans sa façon d'amener les choses. C'est très difficile à décrire. C'était comme si c'était elle qui décidait de ce dont j'avais envie, de ce qui me faisait peur, de ce qui me faisait du bien. Comme si quelque chose au fond de moi s'en était totalement remis à elle. Je crois que je n'étais plus maître de moi–même.

— Arrêtez-moi si je me trompe mais vos phobies et vos crises d'angoisse remontent à bien avant le début de votre relation amoureuse avec Laura. Lorsque les cambrioleurs ont fait irruption chez vous, votre relation était loin d'être aussi intime. Pourtant, vous sembliez déjà dans une logique d'isolement très avancée. Vous étiez sujet à une insomnie sévère mais vous n'êtes pas retourné consulter. Puis vous avez été victime d'un cambriolage mais vous n'avez pas souhaité alerter la police. Vous dites que ça ne vous a pas paru utile mais si vous étiez vraiment persuadé qu'il s'agissait bien de cambrioleurs, comment se fait-il que vous n'ayez pas pensé à vos voisins ? Les malfaiteurs auraient pu s'en prendre à quelqu'un d'autre, quelqu'un qui n'aurait pas été en mesure de les intimider comme vous l'avez fait.

— Je ne pense pas les avoir intimidé. Ils ne pensaient pas me trouver chez moi, c'est tout. Mais c'est vrai, quelqu'un aurait pu être en danger par ma faute. Vous devez comprendre que ma réaction n'était pas rationnelle. J'ai paniqué.

— Sur le moment, cela peut s'entendre. Mais à votre retour de Bretagne, lorsque vous avez éprouvé à nouveau des difficultés à vous confronter au monde extérieur, vous auriez pu au moins les appeler par téléphone. Si vous attribuiez vos crises d'angoisse à cet incident, en parler à la police aurait pu vous permettre de dépasser votre peur de sortir. Vous ne croyez pas ?

— Vous ne comprenez pas. En revenant de Saint-Quihouët, les choses étaient différentes. À partir du moment où j'ai emménagé avec Laura, je n'ai plus pensé à appeler qui que ce soit, à part pour prévenir quand je n'allais pas travailler.

— À quoi étaient liées vos angoisses d'après vous, à partir du moment où vous avez emménagé à Conflans Sainte Honorine ?

— Le monde extérieur, tout ce qui était en-dehors de l'appartement me faisait peur. Rien que l'idée de croiser une personne sur le palier me donnait des palpitations. Je m'imaginais aussi vulnérable en-dehors de chez moi que je me sentais invincible à l'intérieur. Je ne saurais pas vous dire pourquoi. C'était comme si le monde entier avait juré ma perte, comme si des gens très dangereux étaient à ma recherche, et qu'ils mettraient obligatoirement la main sur moi à l'instant-même où je me risquerais au-dehors. Je crois que Laura s'est appliquée à entretenir ce sentiment.

— Comment ça ?

— Elle racontait toujours un tas d'histoires. Je savais que ce n'était que du délire, mais à force, je pense qu'elles ont fini par m'influencer.

— Quel genre d'histoires ?

— C'était très vague. Elle ne rentrait pas dans les détails mais... Je ne sais même pas par où commencer. Comme je vous l'ai dit, Laura croit en la réincarnation. Pour elle, ce qu'il s'est passé dans nos vies antérieures a des conséquences sur notre vie présente. Elle pensait visiblement savoir quelque chose sur une de mes vies antérieures, quelque chose qui m'aurait mis en grand danger si je l'apprenais, quelque chose qui justifiait que des gens soient à ma recherche.

— Elle ne vous a jamais dit quoi ?

— Non. La plupart du temps, je ne lui posais pas de question. Je ne voulais pas l'encourager dans ses délires en leur prêtant plus d'attention qu'ils ne le méritaient. Mais, de toute façon, les rares fois où je l'ai interrogée, elle a refusé catégoriquement de m'en dire plus. Elle croyait clairement détenir une information me concernant. Je ne saurais pas dire s'il s'agissait d'un savoir ou d'un pouvoir caché, les deux semblaient aller ensemble, mais je ne devais en aucun cas y accéder.

— Pourquoi refusait-elle de partager ce secret avec vous?

— Je n'en sais rien.

— Quel genre de pouvoir vous prêtait-elle ?

— Des choses comme voir l'avenir, manipuler les pensées... Je vous l'ai dit, elle délirait. Écoutez, c'est vrai que sur le moment j'ai pu me laisser influencer par elle, mais je n'ai jamais cru à tout ça, et aujourd'hui je vois bien à quel point c'est ridicule.

— Vous ne pensiez pas qu'il pouvait exister un lien entre ce savoir caché et *La Tombe* ?

— *La Tombe* n'avait aucun lien avec mes soi-disant vies antérieures, plutôt avec une des siennes *a priori*. Il lui était très pénible d'en parler. Elle semblait croire qu'elle était victime d'une sorte de malédiction.

Il m'asséna un froncement de sourcils des plus sévères, semblant m'accuser de m'attarder sur des détails sans importance.

— Des gens sont morts, Docteur, pourquoi on parle de ça ?

— Vous aviez sa confiance et probablement un accès à sa psyché tel que nous n'en aurons jamais. Vous pourriez nous aider à comprendre son mobile, si elle en avait un. Connaissant ses croyances, ses délires, les histoires qu'elle racontait, avez-vous une idée de ce qui aurait pu la pousser à commettre ces meurtres ?

— Elle les a perçus comme une menace, je ne vois que ça. Elle a eu peur et elle s'est défendue. J'ai l'impression que tout le monde oublie que ces hommes ont pénétré chez moi par effraction. Je ne dis pas qu'ils méritaient ce qui leur est arrivé mais ce n'étaient pas des enfants de cœur.

Qu'est-ce qui nous dit qu'ils ne l'ont pas attaquée en premier ?

— C'est une piste envisageable bien sûr, mais il est trop tôt pour conclure. Il en reste d'autres à étudier. Comme vous le faites très justement remarquer, ces hommes ont tenté de s'introduire chez vous par deux fois, et Laura était au courant de leur première tentative. Peut-être qu'il y avait dans son geste plus que de la légitime défense ? Peut-être y avait-il à l'origine une crainte, une impulsion qui l'aurait amenée à réagir avec autant de violence ? Quelque chose en rapport avec vous ?

— C'est possible. Si elle pensait que ces hommes me voulaient du mal, soit directement, ou parce qu'ils auraient pu essayer de me révéler quelque chose que je ne devais pas savoir. Si on suit son délire, c'est plausible. Je crois qu'elle se sentait investie d'une mission par rapport à moi, comme un devoir de protection. Elle redoutait un événement qui devait se produire le 21 mars, à Ostara. Il s'agit d'une ancienne fête païenne. Dans la Wicca contemporaine, c'est également un des quatre sabbats majeurs, celui où on célèbre le printemps, le réveil de la nature, la renaissance. Elle parlait du temps qui passait comme d'une divinité cruelle, qu'elle assimilait à Dieu, je crois. Elle disait parfois que le temps nous était compté. Je crois qu'elle savait que les corps finiraient par être retrouvés, qu'elle serait arrêtée. Et plus les jours passaient, plus elle semblait en lutte avec elle-même, comme s'il lui restait une dernière option, qui nous aurait permis de rester ensemble, mais si terrible qu'elle ne pouvait pas s'y résoudre. Ça me terrifie quand j'y repense. Parfois, elle nous désignait comme des amants maudits, qui n'avaient devant eux que quatorze jours. Quatorze jours pour toute une vie, quatorze jours qu'elle disait avoir volé à Dieu. Pardonnez-moi, Docteur, je ne vois pas comment tout ceci pourrait vous être utile.

Il n'y avait là en effet aucun fait nouveau par rapport à ce que Laura Tarroux avait confié aux enquêteurs lors de son interrogatoire. Lors de ses aveux, elle n'avait paru éprouver aucun remord et paressait même relater les meurtres avec une certaine délectation. Elle avait ainsi fourni tous les éléments nécessaires à la résolution de l'enquête, qui s'était pour ainsi dire terminée avant d'avoir commencé. Seule la question du mobile restait à éclaircir. C'était sur ce point qu'elle s'était montrée la moins loquace, déclarant simplement aux policiers que ces hommes étaient si dangereux qu'elle n'avait pas pu prendre le risque de les laisser vivre.

Son ton énigmatique et son complet détachement émotionnel, sans compter sa réaction violente lors de son interpellation, avait tout de suite alerté les enquêteurs sur sa condition mentale. Dès lors, bien qu'ils se soient appliqués à confirmer la moindre de ses déclarations en rassemblant le plus de preuves matérielles possible, ils avaient fait passer le mobile au second plan, car, le juge d'instruction me l'avait confié, pour eux la folie pouvait bien constituer un mobile à part entière. Je frissonne bien sûr à l'idée qu'une telle ignorance puisse subsister encore de nos jours à l'égard des pathologies psychiatriques, et ne doute pas un seul instant que mes futurs confrères auront à fournir au moins autant de travail de vulgarisation que moi au cours de toute ma carrière.

Il me tenait donc à cœur de ne négliger aucune piste concernant le mobile éventuel de Laura, s'il venait à être prouvé de manière irréfutable que c'était bien elle qui avait commis ces meurtres et qu'elle n'en avait pas simplement été le témoin. Le Docteur Maria-Angelica Alves m'avait fait parvenir les enregistrements audio de ses deux premiers entretiens avec Laura Tarroux. Le premier datait du 22 mars, le lendemain de son interpellation, et le second, du 23 mars, soit la veille de mon entretien avec mon propre patient.

Dans un premier temps, Maria-Angelica avait suspecté Laura de simuler un trouble psychiatrique pour écoper d'une peine moins longue, mais elle avait changé d'avis après le premier entretien et avait sollicité mon opinion. C'était initialement la raison pour laquelle elle m'avait transmis les enregistrements, mais il ne me semblait pas préjudiciable de les utiliser pour rendre l'évaluation de Thomas plus exhaustive. Les premiers éléments qu'il m'avait apportés étaient loin d'être aussi inutiles qu'il le pensait, et jetaient même un nouvel éclairage sur les paroles sibyllines de Laura.

Je décidai donc de faire écouter à mon patient le premier entretien entre Maria-Angelica et Laura, ainsi qu'un extrait du second entretien, en espérant que l'observation attentive de ses réactions m'aiderait à en apprendre davantage. Sans l'informer au préalable de ce qu'il allait entendre, je lui dis simplement que je souhaitais lui faire écouter quelque chose.

Il attendit patiemment, prêtant l'oreille d'un air à la fois curieux et inquiet, alors que je sauvegardai la première partie de notre conversation et lançai le fichier audio que m'avait envoyé Maria-Angelica. Lorsque la voix de Laura s'extirpa enfin du haut-parleur, dans un murmure suppliant, le visage de Thomas changea entièrement, et encore aujourd'hui je ne saurais dire quelle émotion y était prédominante entre la douleur et la joie.

« Il ne doit pas savoir, il ne doit pas trouver la clé, il ne doit pas se rappeler qui il est.

— Qui ne doit pas savoir ?

— Il ne doit pas trouver la clé.

— De quelle clé parlez-vous, Laura ? [2]

Je coupai ici l'enregistrement. Le sujet se tenait droit comme un « i », deux doigts masquant sa bouche et le pouce dans le creux de sa joue, l'autre main posée bien à plat sur la table. Ses yeux fixaient un point du mur sur ma droite, mais, en opposition exacte avec l'absence rêveuse que j'avais pu y lire à deux reprises, ils exprimaient cette fois une intense concentration, où se mêlaient la crainte et l'exaltation. Je remarquai encore l'accélération de sa fréquence respiratoire ainsi que la raideur de sa mâchoire, lorsqu'il reporta vers moi un regard interrogateur, visiblement impatient d'entendre la suite. Je relançai l'enregistrement. La dernière question de Maria-Angelica n'avait été suivie que de silence. Elle avait donc relancé sa patiente, et cette fois, loin des premiers murmures apeurés, c'était une voix calme et froide qui lui répondait.

---

[2] Entretien du 22 mars à 16h45 entre le Docteur Maria-Angelica Alves et Laura Tarroux au Centre Hospitalier Privé de l'Europe, à Le Port Marly.

— Laura, est-ce que c'est la clé de l'appartement ?

— Non.

— La clé de la cave ?

— Son nom. Son nom est la clé. Dans mon esprit, c'est une clé, comme ça quand j'y pense, je ne pense pas à son nom, je visualise une clé. Tout ce qu'il peut voir c'est une clé, pas son nom. Je ne dois pas lui donner son nom.

— Pourquoi ?

— Il ne doit pas se rappeler qui il est.

— Qu'est-ce qui se passerait s'il se rappelait ?

— Laissez-le. Laissez-nous. Ce n'est pas nous les criminels dans cette affaire.

La colère était très nettement perceptible dans la voix de Laura et l'impératif avait un parfum de menace. Je crus percevoir un début de sourire au coin des lèvres de mon patient.

— Il faut que vous me parliez, Laura, sinon je ne peux pas vous aider.

— Qui a creusé la tombe, Docteur ?

— Qu'est-ce qui se passerait s'il se rappelait ?

— J'ai besoin d'être seule maintenant.

— Quelque chose ne va pas ?

— J'entends sa voix dans ma tête.

Nous échangeâmes un regard entendu. Laura faisait bien évidemment référence à *La Tombe*. Le deuxième constat, c'est-à-dire le fait que Laura soit sujette à des hallucinations auditives, ne sembla pas le choquer ni même le surprendre. En outre, en réécoutant attentivement, je réalisai que cette voix, entendue par Laura, ne provoquaient chez elle ni crainte ni angoisse. Elle paressait au contraire satisfaite de l'accueillir, mais en souffrait aussi probablement, d'où son désir d'être seule.

— *La voix de qui ?*

— *Thomas. C'est toujours sa voix. Il ne le fait pas exprès. Il n'a pas conscience de ce qu'il fait. Il veut juste se libérer. Pour ça, il a besoin de la clé. Si on était restés ensemble ne serait-ce qu'un jour de plus de plus, je la lui aurais donnée. Il voulait qu'on reste ensemble. Je voulais qu'on reste ensemble. Seigneur, pardonnez-moi.*

— *Laura, de quoi Thomas ne doit-il pas se rappeler ?*

— *Il est venu, se rapprochant à vive allure, tel le Phénix surgissant des flammes. Il est venu, vêtu de noir, portant une croix gravée de mon nom. Il est venu, nimbé de lumière, de magnificence et de gloire.*

— *Vous l'entendez encore ?*

— *Non.*

— *Qu'est-ce qu'il vous a dit ?*

— *Il a dit : « Danse pour moi fanciulla gentile ». Il a dit :*
« Ris quelques temps, je peux faire vibrer ton cœur. Il a
dit : « Vole avec moi, touche le visage du Dieu véritable, et
pleure de joie devant la profondeur de mon amour ». Il a
dit qu'il m'apporterait des fleurs.
— *Laura, Thomas vous a-t-il fait du mal ?*
— *Il veut la clé. Il veut sortir. Laissez-moi seule s'il vous*
plaît.
— *Il vous parle à nouveau ? Est-ce qu'il vous menace ?*
— *Sortez ! Laissez-moi !*

Le premier enregistrement s'arrêtait là. J'expliquai à Thomas que la suite n'était qu'invectives et démonstrations de force. Après avoir arraché son cathéter, Laura avait entrepris de faire voler tous les objets présents dans la pièce, y compris une chaise et une pompe à perfusion. Elle ne s'était calmée qu'une fois sédatée, après avoir mordu au sang un des infirmiers qui tentaient de la contenir, et avoir cassé deux doigts à un autre. Maria-Angelica avait donc demandé son transfert à l'IPPP rue Cabanis, qui eut lieu dès le lendemain matin, ainsi que le second entretien.

Au cours de celui-ci, Laura s'était montrée beaucoup plus ouverte au dialogue, lucide et apaisée. Le ton de la conversation avec Maria-Angelica était tout à fait cordial, et même parfois, presque complice. Je passai en accéléré les trente premières minutes de tests cognitifs pour en venir au passage que je souhaitais faire écouter à Thomas.

— *Pourquoi avez-vous tué ces jeunes hommes ?*[3]
— *Ils étaient mes ennemis. Ils étaient dangereux.*
— *Est-ce qu'ils vous ont menacé ?*
— *Non, mais je savais ce qu'ils projetaient de faire.*
— *Que voulaient-ils faire ?*
— *Ils voulaient lui faire du mal. Mais pour ça, ils devaient d'abord le libérer.*
— *Libérer qui ?*
— *Celui qui dort derrière les yeux de Thomas.*
— *Qui est-ce ?*
— *Je ne peux pas dire son nom. Ce nom est une clé, le prononcer, c'est ouvrir une porte. Et cette porte doit rester close. Personne ne doit jamais l'ouvrir.*
— *Pourquoi il ne faut pas l'ouvrir, Laura ?*
— *Je vous l'ai dit, ça libèrerait ce qui se trouve derrière la porte. Ne me demandez pas quoi. Je ne vous le dirais pas, c'est mieux ainsi, pour vous. Croyez-moi, Docteur, vous ne voulez pas savoir ce qu'il y a derrière cette porte.*

---

[3] Entretien du 23 mars à 9h30 entre le Dr Maria-Angelica Alves et Laura Tarroux à l'Infirmerie psychiatrique de la préfecture de police du groupement hospitalier Sainte-Anne, extrait n°1.

— Ce qu'il y a derrière les yeux de Thomas ? C'est ça, Laura ? »

J'arrêtai là l'enregistrement. Sans quitter des yeux le point sur le mur derrière mon dos, mon patient tira lentement une cigarette de son paquet et la cala entre ses lèvres. Puis il la retira d'un geste brusque pour pointer vers moi un doigt accusateur en s'exclamant qu'il aimerait bien savoir « quel genre de merde le Docteur Alves refilait à Laura ». Il prétendit que son ex-compagne lui semblait apathique sur l'enregistrement, comme si elle avait subi une lobotomie, alors que mon impression personnelle était qu'elle s'était juste montrée polie. Je remis en route l'enregistrement de notre propre entretien. Thomas avait fini par se lever, avait allumé sa cigarette, et arpentait à présent en ligne droite l'espace ridicule qui séparait les murs de sa cellule.

— Laura n'est pas polie. Elle n'est pas sympathique. Ce ton mielleux, ce « Croyez-moi, Docteur » ça n'est pas elle !

— Vous disiez pourtant tout à l'heure que lorsque vous l'avez rencontrée, elle vous a donné l'impression d'être une personne douce et charmante.

— Avec moi !

— Vous avez déjà eu l'occasion de la voir interagir avec d'autres personnes ?

— Je la connais. Elle n'était pas dans son état normal lors de cet entretien, je peux vous le garantir. On lui a donné quelque chose.

— Bien sûr qu'on lui a donné quelque chose, Thomas.

Il s'arrêta alors, comme frappé par la foudre. Relâchant les épaules, il saisit avec délicatesse la petite Bible qui reposait sur son lit. Il observa la couverture et ferma les yeux subrepticement, comme en une prière silencieuse. Je l'imaginai implorer son Dieu de lui donner la force d'affronter la réalité à laquelle je venais de le confronter si brutalement. Cela ne dura cependant qu'une fraction de seconde, suite à quoi il reposa le livre et se rassit sur le lit.

— Avez-vous une idée de ce à quoi elle faisait référence en parlant de ce qu'il y a derrière vos yeux ?

— Si j'ai une idée ?

Thomas secoua la tête et croisa les bras sur la table. J'eus le sentiment qu'il me regardait différemment. Je n'étais plus cet individu froid et neutre chargé de rendre un jugement sur sa santé mentale. J'étais devenu un allié en qui il pouvait avoir confiance et avec lequel il partageait l'impulsion de tenter de comprendre la personnalité énigmatique de Laura Tarroux. C'est ainsi qu'il m'exposa sa pensée et ses sentiments avec une sincérité et une transparence inédite, par laquelle, il me faut bien l'admettre, je fus sans doute plus touché que je ne l'aurais dû.

— Laura croit en des choses très étranges. Visiblement, elle est atteinte d'une pathologie mentale qui l'entraîne dans des délires paranoïaques où elle entend des voix. Mais, avant tout, la Laura que je connais aime raconter des histoires. Des mensonges banals aux contes merveilleux, en passant par les faits divers inventés les plus sordides. Je crois qu'elle a fini par se perdre entre toutes ses histoires, qu'elle a oublié lesquelles sont vraies, et lesquelles elle a inventées. Laura joue avec la vérité comme on joue avec ses sens. On se cache les yeux, on prépare des plats parfumés, on s'embrasse. On explore, on expérimente, et tout ceci n'a d'autre but que le plaisir. On n'est pas à la recherche de *la* sensation ultime qui supplanterait toutes les autres. Cette idée nous paraîtrait même absurde. Je pense que, de la même façon, l'idée d'*une* vérité unique, l'idée de *la* réalité est absurde pour Laura. Ce qu'il y a derrière mes yeux, c'est ce qui lui plaît d'y voir. Parfois c'est un démon, parfois c'est un ange, parfois c'est juste l'homme qu'elle aime.

— Et à propos de cette clé ? De ce secret que ces hommes cherchaient à vous révéler ?

— J'ignore si ça lui vient d'une de ses hallucinations ou si c'est juste une partie du décor d'une de ses histoires. Je n'en sais pas plus que vous.

Bien que ma détermination à en apprendre le plus possible sur la nature précise de la relation entre Thomas Jean et Laura Tarroux ne se fût pas émoussée, bien au contraire, je dois reconnaître que les dernières déclarations de mon patient m'avaient plutôt convaincu. Je n'écartai toujours pas l'éventualité d'avoir affaire à un manipulateur violent et tentai de rester le plus ouvert d'esprit possible. Mais si manipulateur il y avait, il m'apparaissait de plus en plus habile à mesure que l'entretien avançait. Parallèlement, j'avais de plus en plus de mal à imaginer par quelle stratégie un tel manipulateur comptait arriver à ses fins, puisque Thomas venait de jeter un fort discrédit sur des aveux qui l'innocentaient, et cela de façon tout à fait intentionnelle.

Cela étant, j'avais de bonnes raisons de penser qu'il me cachait encore des choses, qu'il n'avait pas non plus révélées aux enquêteurs. De nombreuses fois au cours de notre conversation, il s'était montré excessivement évasif sur des points pourtant cruciaux, comme son premier épisode de claustration lors de la reprise de ses recherches sur *La Tombe*. Il ne voulait pas, ou n'arrivait pas à expliquer clairement pour quelles raisons il avait eu tant de difficultés à se rendre à nouveau au travail après la prétendue attaque des cambrioleurs, et ce malgré son changement de domicile.

Ses crises d'angoisse étaient-elles simplement liées à des troubles anxieux, à un état dépressif, alimentés par ses traumatismes infantiles, et réveillés par sa rencontre avec Laura Tarroux, ou cela allait-il plus loin ? S'agissait-il d'un véritable délire de persécution qu'il tentait de camoufler pour préserver l'illusion de la santé mentale, d'un délire paranoïde lié à un état psychotique qui aurait décompensé ou se serait renforcé avec le début de sa relation avec Laura ? Je me devais de considérer avec attention toutes les hypothèses.

Ce fut à ce stade que je commençai à envisager la possibilité de me trouver face à un cas de folie à deux. Il s'agit d'une entité psychiatrique rare, qu'on appelle aussi psychose partagée, au cours de laquelle un individu adopte les idées délirantes d'un autre individu psychotique, ainsi que le mode de vie y étant associé, ici la claustration et l'isolement.

Le cas de folie à deux le plus connu est sans doute celui, très bien étudié par Lacan, et repris de nombreuses fois dans des œuvres de fiction, des sœurs Papin. En février 1933, dans la ville du Mans, les deux employées de maison Christine et Léa Papin, avaient assassiné à coup de couteau de cuisine leurs deux patronnes, la mère et la fille, les avaient énucléées, dépecées et préparées comme des lapins, plus ou moins dans cet ordre.

Il est possible de distinguer plusieurs types de trouble psychotique partagé. Parfois, les deux individus impliqués sont atteints et parviennent à se retrouver dans un même délire, c'est ce qu'on appelle le délire simultané. Mais ce cas de figure est extrêmement rare. En effet, un individu déjà pris dans son propre délire, qu'il considère comme la vérité pure et simple, a généralement beaucoup de mal à le modifier, à le remettre en question ou à l'adapter pour le faire fusionner avec le délire d'un autre, qui lui apparaît pour ce qu'il est, c'est-à-dire la manifestation d'une pathologie psychiatrique.

Dans la très grande majorité des cas de folie à deux, on est donc face à un délire imposé par un sujet appelé « cas primaire » ou « inducteur » à un autre sujet appelé « récepteur », apparemment sain d'esprit, le plus souvent dans le cadre de la vie commune. Ainsi Christine Papin, la sœur aînée, avaient transmis son délire de persécution à sa sœur Léa qui avait fini par faire sienne l'idée que leurs patronnes projetaient de les tuer, et qu'elles devaient frapper en premier pour se défendre.

Comme dans les cas de syndromes de Stockholm ou de Lima, l'isolement social, le confinement ou encore la séquestration sont autant de facteurs favorisant l'émergence d'une psychose partagée. L'absence d'interaction avec d'autres individus évite toute remise en question des idées délirantes et renforce la dépendance de l'individu récepteur envers le cas primaire. Ce qui distingue la folie à deux des phénomènes appartenant au simple registre de la persuasion psychologique ou de la transmission d'idées erronées, c'est la disparition subjective de l'individu récepteur. Cette disparition amène le récepteur à quitter tout lieu psychique qui lui est propre pour être littéralement aspiré par l'Autre, c'est-à-dire par l'inducteur.

Jacques Lacan avait parlé des sœurs Papin comme de « vraies âmes siamoises » qui formaient « un monde à jamais clos ». Un vœu d'unification avec l'Autre, d'abolition totale de toute distance entre les deux sujets, semble en effet sous-tendre ce phénomène. Ceci explique pourquoi, lorsqu'il y a un passage à l'acte violent de la part des sujets, celui-ci est toujours tourné vers l'extérieur et n'implique jamais les sujets entre eux, puisqu'ils ne font plus qu'un.

Le récepteur peut dans un premier temps avoir des doutes concernant le délire de l'inducteur, mais rapidement, l'intense implication émotionnelle qui relie les deux individus complique la situation, et le récepteur se retrouve confronté à un choix cornélien. Il devra consentir à adopter les idées délirantes de son partenaire ou mettre fin à leur relation telle qu'il l'a connue jusqu'alors. Le sujet récepteur, subjugué par le cas primaire, peut en venir à souhaiter, et même à désirer plus que tout au monde, d'être soulagé de sa propre division entre résistance au délire et souhait de maintenir la relation en l'état, qui lui cause trop d'angoisse et de douleur.

On retrouve là des mécanismes qui pourraient s'apparenter à ceux de la théorie de la dissonance cognitive sur laquelle je reviendrai plus tard. Pour certains spécialistes, l'adhésion complète et inébranlable du récepteur au discours de l'inducteur illustre ainsi une forme extrême de « servitude volontaire ». Son vœu devient alors, dans ces conditions spécifiques, de s'effacer pour ne faire qu'un avec l'inducteur, quitte à abolir en partie sa propre identité, et laisser l'Autre en devenir le maître.

L'incapacité de Thomas à sortir de son appartement avait-elle été la conséquence d'un délire paranoïde partagé avec Laura ? Leur réclusion pouvait-elle s'expliquer par leur croyance en une menace réelle venant de l'extérieur ? Était-ce cette croyance qui avait conduit aux meurtres de Daniel Ansart et d'Elemiah Gremillet ?

Tels étaient les points qu'il me fallait à tout prix éclaircir. Mais ma tâche ne s'arrêterait pas là. Même si je parvenais à en apprendre suffisamment pour confirmer l'hypothèse de la psychose partagée, il me resterait à trancher une question essentielle. Qui de Laura ou de Thomas était le cas primaire ? Qui avait entraîné l'autre dans sa folie ? Lequel était, consciemment ou inconsciemment, le plus habile manipulateur ? En un mot, lequel des deux était le maître ?

5. Moderato (souple et expressif)

À première vue, il était facile de penser que Thomas, orphelin, trentenaire sortant d'une rupture difficile, à tendance dépressive et alcoolique, s'était maladroitement égaré dans une relation exclusive avec une inconnue, et que cette dernière l'avait entraîné bien malgré lui dans une affaire de meurtres à laquelle il ne comprenait rien. Mais malgré le caractère délirant de certaines idées de Laura, que j'aurais l'occasion d'exposer plus en détail par la suite, j'étais convaincu qu'elles recelaient une part de vérité.

L'ex-concubine de mon patient avait indubitablement acquis une connaissance intime de ce dernier, et le peu d'informations qu'elle avait livrées le concernant, volontairement ou non, divergeaient de beaucoup avec la posture qu'il avait adoptée face aux enquêteurs et qu'il maintenait face à moi. Thomas jouait un rôle central dans le délire de Laura, et ce rôle n'avait rien de commun avec celui d'un homme passif et soumis. Elle semblait au contraire le dépeindre comme la menace ou le sauveur suprême, comme un être possédant des pouvoirs, encore dormants, mais qui pourraient s'avérer redoutables si l'on venait à les réveiller.

Ceci mis à part, il y avait bien d'autres éléments qui laissaient penser que Thomas occupait une position dominante dans leur couple. D'abord, il y avait sa position sociale, ses revenus confortables, la reconnaissance que lui conférait sa profession, et la réputation, excellente malgré ses dires, qu'il entretenait auprès de ses collègues.

Laura, quant à elle, n'avait plus aucun contact avec sa famille, ni avec ses anciens amis, ni même avec ses voisins. Ne bénéficiant d'aucune aide sociale, elle parvenait péniblement à trouver de quoi vivre, mais semblait avoir renoncé à l'espoir de sortir un jour de cette précarité.

Ensuite, bien qu'ils fussent peu nombreux, Thomas disposait de soutiens affectifs solides en les personnes de Joseph Guèye et de Robert Ménard, tandis que Laura, qui n'avait même pas de ligne téléphonique à son nom, était véritablement et complètement seule. Enfin, et c'était là un point sur lequel je devais absolument obtenir des réponses, il y avait les griffures sur ses cuisses et les marques de coups dans son dos, probablement infligés avec une ceinture.

— Vous affirmez ne jamais avoir été violent envers Laura. Vous maintenez cette affirmation ?

Le sujet comprit tout de suite où je voulais en venir.

— Tout à fait. Laura a des goûts particuliers. Ma seule intention n'a jamais été que de la satisfaire.

Je sortis du dossier les clichés qu'il avait précédemment évoqués et plaçai devant lui un gros plan d'un hématome qui s'étendait en diagonale de l'omoplate droite jusqu'aux lombaires de Laura. Le sujet ne daignait pas baisser les yeux sur la photo. Il me fixait avec cette même colère qu'il avait déjà manifestée, mais cette fois, il ne la laisserait pas le submerger. J'appuyai la pointe de mon index sur l'hématome.

— Dites-moi, Thomas, si ceci n'est pas de la violence pour vous, alors qu'est-ce que c'est ?

— La violence nait de la contrainte. Ceci était notre liberté. C'était ce qu'elle voulait, ce dont elle avait besoin.

— Comment vous a-t-elle fait part de ses envies ? Quels mots a-t-elle utilisé ?

Le sujet posa enfin son regard sur le cliché et gigota un instant.

— Elle n'a pas vraiment utilisé de mots... Mais c'était très clair à chaque fois.

— Pourriez-vous me raconter comment ça s'est passé la première fois que vous avez eu ce type de pratiques ? Comment s'est-elle fait comprendre exactement ?

— Elle a défait ma ceinture, l'a placée dans ma main, et elle s'est mise à genoux par terre contre le lit, dos à moi. Elle a joint ses mains et s'est mise à prier. Ça se passait toujours de cette façon. C'était presque compulsif chez elle. Dans les prières qu'elle murmurait, elle implorait à la fois le pardon de son Seigneur et son châtiment. J'ai mis quelques temps avant de comprendre. Et puis j'ai su ce que je devais faire, mais je n'arrivais pas à trouver la force. J'étais terrorisé à l'idée de lui faire mal. J'entendais ses larmes tomber sur les draps. Je voyais ses épaules secouées par les sanglots, son corps se tordre, s'affaisser puis se contracter à nouveau tandis que ses prières restaient sans réponse. Sa bouche se figeait en un cri de douleur silencieux. Elle n'arrivait presque plus à reprendre son souffle. Je n'avais jamais vu quelqu'un souffrir autant. C'est devenu insupportable, physiquement insupportable. Je ne pouvais pas partir. Je ne pouvais pas l'abandonner. Alors je l'ai frappée une première fois, pour chasser la douleur. Sa respiration s'est calmée un peu. Elle a repris ses prières avec la même ferveur, mais plus doucement. J'ai frappé une deuxième fois. Et là, elle a cessé de pleurer. Au cinquième coup, elle a arrêté de prier. Sa tête et ses bras reposaient sur le lit. Elle respirait lentement, les yeux à moitié fermés. Elle souriait. J'ai lâché la ceinture, je me suis agenouillé près d'elle et je l'ai prise dans mes bras. Elle m'a serré contre elle, à son tour, comme si elle n'allait plus jamais me laisser partir. Nous n'avons pas relâché notre étreinte lorsque nous avons fait l'amour ni lorsque nous nous sommes endormis l'un contre l'autre. Rien ne pouvait nous séparer.

Il avait murmuré ces dernières paroles comme un secret, en me jetant un regard étrange, inquiet et interrogateur, comme s'il n'était pas certain que je puisse comprendre de quoi il me parlait. Comme si ce qu'il avait partagé avec Laura relevait autant, si ce n'est plus, de l'expérience spirituelle que de l'ébat amoureux. À l'évocation de ce souvenir, sa voix s'était emplie d'une tendresse et d'une sérénité qu'elle n'avait encore jamais laissé deviner. Un long silence plana entre nous, puis il reprit doucement :

— Alors dites-moi, Docteur, c'est de la violence d'après vous ?

Il me rappelait ces illuminés qui viennent frapper à votre porte pour vous expliquer comment ils ont trouvé la paix. Il affichait cette même candeur méprisante que le bon croyant réserve aux pauvres âmes qui ne connaitront jamais le salut. Si mon patient m'apparut alors moins nocif que ce que je craignais, je m'inquiétai en revanche de la possibilité qu'il ne soit pas aussi mentalement équilibré que je l'avais espéré. Je poursuivis donc en éludant sa question.

— Et les griffures ?

— Oh, ça n'a rien à voir. C'était juste un jeu érotique entre nous. Une punition pour quand elle se conduisait mal. Ça l'excitait.

— Pas vous ?

— Si bien sûr. Lorsqu'une femme comme Laura a envie de vous, c'est difficile de résister.

Il avait repris son ton habituel, empreint d'une désinvolture légèrement amusée. Cela aurait pu me rassurer si la transition n'avait pas été aussi brutale. Mais je repoussai mes inquiétudes. Je devais éviter de tomber dans la surinterprétation. Car c'était là mon principal défaut et la source d'erreur la plus courante dans mes analyses. Je reconsidérai mon patient, et trouvai qu'en effet, il n'y avait rien de véritablement étrange dans son attitude.

— Avez-vous le sentiment que l'ascendant que vous aviez sur elle dans vos pratiques sexuelles aurait pu se traduire dans votre quotidien ?

— Et bien, je ne sais pas quoi vous dire, le sexe occupait une bonne partie de notre quotidien alors j'imagine que oui... Mais je n'avais pas toujours l'ascendant, contrairement à ce que vous pensez. D'ailleurs, c'est étrange que personne ne se soit intéressé aux marques que j'ai aux poignets, parce qu'elles ne viennent pas des menottes que j'ai portées pendant ma garde à vue.

— Pourquoi ne pas en avoir parlé plus tôt ?

— Ça n'a aucune importance. Je ne voudrais pas que ça puisse jouer contre elle.

— Quels étaient vos sentiments pour Laura ?

— J'avais et j'ai toujours beaucoup d'affection pour Laura. Je l'ai très vite considérée comme une véritable amie. C'est comme si je la connaissais depuis toujours.

— Une amie avec qui vous couchiez ?

— Oui, c'est exactement ça.

— Donc vous n'avez jamais été amoureux d'elle ?

— Non, je vous le répète, je n'ai jamais été amoureux de Laura, pour la simple et bonne raison que j'aime toujours Marion. Laura, c'était autre chose. Je me sentais spécial avec elle. Elle me donnait l'impression d'être quelqu'un d'exceptionnel, capable de tout, alors que je ne pouvais même pas sortir acheter une baguette de pain. Ce qu'il y avait entre elle et moi ça ressemblait plutôt à une sorte de possession mutuelle... Nous vivions dans une telle promiscuité que nos moindre mouvements étaient accordés les uns aux autres. C'était comme une danse, un ballet réglé au millimètre près. Nous formions une espèce de super-organisme. Comment expliquer ça ? Vous voyez les gendarmes, ces petits insectes rouges et noirs ? On les appelle des diables aussi parfois. Tout le monde a déjà vu l'espèce de bête à deux têtes qu'ils forment pendant l'accouplement. J'ai lu que ça pouvait durer entre douze heures et sept jours. Pendant tout ce temps, ils sont accrochés l'un à l'autre, chacun veut aller dans sa direction. Parfois l'un d'eux souhaite escalader un tas de feuilles mortes, l'autre se retrouve alors entraîné, les pattes dans le vide, et son poids fait chuter le premier. Ils tombent tous les deux sur le dos, agitent frénétiquement leurs pattes dans les airs, incapables de se redresser...

— C'est votre vision du couple ?

Il fit mine d'acquiescer avec un rire amusé, avant de poursuivre.

— Ça me rappelle le mythe d'Aristophane. Je suis sûr que vous connaissez cette histoire.

— C'est un extrait du Banquet de Platon, je crois ?

— Tout à fait. Dans le discours d'Aristophane, il explique que dans les temps anciens, chaque être humain était une sphère composée de quatre mains, quatre jambes, et deux visages. Un jour, les humains auraient convoité la place des dieux, et pour les punir, sans pour autant éradiquer leur espèce, Zeus les aurait coupés en deux. Mais les moitiés séparées se seraient alors mises à chercher désespérément à se réunifier, à s'enlacer indéfiniment en désirant se confondre avec l'autre, et auraient commencé à dépérir. Zeus aurait donc replacé leurs organes sexuels sur le devant du corps, de sorte que les moitiés puissent satisfaire leurs pulsions charnelles et s'ébattre ensemble, au lieu de mourir d'inanition.

— Je me rappelle, oui. Mais c'est bien d'amour que parle Platon à travers ce mythe, et de façon très explicite. Comment pouvez-vous à la fois affirmer que vous n'avez jamais aimé Laura autrement que comme une amie et en même temps évoquer ce passage du Banquet pour décrire votre relation ?

— Pour Platon, ce désir de ne faire qu'un avec l'autre vient du souhait de rétablir notre nature véritable, de retrouver notre état originel de félicité et de bonheur, perdu pour notre conscience, mais que nous poursuivons toute notre vie. C'est en cela que je vois un rapport entre cette histoire et ma relation avec Laura. De toute ma vie, je n'ai jamais été aussi proche de cet état de bien-être, de cette sensation incroyable de n'être qu' « un » à nouveau que pendant ces quatorze jours que j'ai passé avec elle, entre le moment où elle m'a dit qu'elle m'aimait et celui où nous avons été séparés.

Il s'arrêta un instant et je pus littéralement voir sa gorge se serrer, et dans son regard, une souffrance, qui bien que muette, fut probablement l'une des plus terribles qu'il m'ait été donnée de voir de toute ma vie. Il savait que cet état de grâce était désormais perdu pour lui, à jamais. Il reprit dans un sourire.

— Mais là où je suis en désaccord avec Platon, et avec vous visiblement, c'est que je n'appelle pas ça de l'amour. Si on parvient à ne faire qu'un avec l'autre, alors l'autre en tant que tel n'existe plus. Je pense qu'on ne peut pas prétendre aimer ce qu'on est prêt à faire disparaitre. Non, vraiment, Docteur, c'est une jolie fable, mais je suis persuadé que Dieu ne nous a donné qu'une seule tête, et qu'il y avait de très bonnes raisons à cela.

— Si on laisse un instant de côté les mythes et légendes pour revenir à la réalité, il y a un état que l'on pourrait qualifier d'originel, que nous avons tous connus sans pouvoir nous en rappeler, où deux êtres distincts n'en forment qu'un seul.

Il fronça les sourcils, me fixant sans comprendre où je voulais en venir, puis me jeta un regard écœuré.

— C'est vrai, j'oubliais que pour vous autres disciples de Papa Freud notre but à tous dans la vie c'est de coucher avec nos parents !

Il se figea alors dans une moue de dégoût. Je n'obtiendrais pas d'autre réponse de sa part sur ce point. Il n'y avait là rien d'original, mais j'avais le sentiment d'avoir mis la main sur une pièce importante du puzzle. Thomas ne cherchait pas à multiplier les relations sociales, ni les relations affectives. Son système de référent pour chaque type de relation me revint à l'esprit. J'avais le Père, le Frère, et je venais peut-être bien de trouver la Mère.

Peut-être mon patient avait-il plus ou moins conscience d'avoir assimilé Laura à une figure maternelle ? La nature émotionnelle de cette relation, perçue par lui comme ayant un caractère incestueux, pouvait-elle expliquer son refus catégorique de considérer Laura comme l'objet d'un amour passionnel ? Marion avait-elle occupé cette place avant Laura ? Je repoussais cette dernière idée. Pourquoi, si cela avait été le cas, était-il si ouvert concernant ses sentiments pour Marion ? Il m'apparaissait que cette dernière correspondait parfaitement à la figure de l'Épouse, ou de la Maîtresse, qu'il recherchait. Il lui était donc très difficile de tirer un trait sur leur relation, et encore plus d'admettre qu'une autre puisse la remplacer.

J'étais convaincu que Laura avait un statut différent pour lui. Une place que personne avant elle n'avait jamais occupée. Plusieurs éléments évoqués par mon patient me revenaient en tête : la confiance absolue qu'il déclarait avoir envers Laura, qu'il jugeait incapable de lui faire le moindre mal, la rassurante sécurité affective et physique qu'il semblait avoir trouvé auprès d'elle, l'interdiction morale très forte de mentir à cette femme, et tout ceci alors qu'il ne savait quasiment rien d'elle. N'avait-il pas retrouvé auprès d'elle une sorte d'insouciance enfantine, remettant totalement sa vie sociale, professionnelle, et affective entre ses mains, soulagé de toute responsabilité, de la moindre prise de décision ?

Je sentis que le moment de lancer mon offensive était arrivé. J'adressai un petit sourire en coin, légèrement méprisant je dois l'admettre, à sa remarque sur Sigmund Freud et repris comme si je n'avais rien entendu.

— J'aimerais comprendre quelque chose. De son côté, Laura vous a fait part de sentiments très forts à votre égard. Vous n'avez ressenti aucune gêne par rapport au fait que ça n'était pas réciproque ?

Mon patient blêmit. Je le tenais. Il commença à bredouiller quelque chose que je ne pris pas la peine d'écouter.

— Qui plus est, étant donné sa condition psychiatrique, dont vous aviez bien conscience, il n'était pas difficile de penser qu'en acceptant ce type de relation avec elle vous la laissiez entretenir de faux espoirs. Vous n'avez jamais ressenti aucun scrupule par rapport à ça ? Que comptiez-vous lui apporter, Thomas, à cette femme pour laquelle vous n'avez jamais eu aucun sentiment ?

— Laura était bien avec moi...

— Vraiment ? Lorsqu'elle priait à genoux devant son lit, vous disiez qu'elle n'avait pas l'air tout à fait bien pourtant. Vous, en revanche, vous y trouviez votre compte. Votre obsession du contrôle, vos désirs de possession absolue ne devaient pas être trop durs à satisfaire avec elle. Une femme si fragile psychologiquement, si éperdument amoureuse de vous, sans la moindre ressource financière, sans la moindre relation sociale. Que pouvait-elle bien vous refuser ?

— Vous êtes malade !

— Comment avez-vous dit déjà ? Une certaine *condescendance fantasmée*. Vous aviez le pouvoir de l'aider ou de vous en abstenir, c'est bien ça ? Vous aviez tous les pouvoirs sur elle, Thomas. Cela vous plaisait, n'est-ce pas ?

Il tenta de sauver la face en reniflant avec mépris.

— Vous l'avez avoué spontanément dans les dix premières minutes de notre entretien. Vous avez parlé de *frisson sans culpabilité* si je me souviens bien, d'un sentiment d'exaltation. Quel genre de frisson vous êtes-vous offert grâce à Laura Tarroux ? De quelle façon pensiez-vous écarter la culpabilité ? En la rejetant sur Laura ?

— Vous croyez que j'ai tué ces gosses ? Vous êtes dingue !
Pourquoi j'aurais fait ça ?

— Pourquoi Laura aurait fait ça ?

— Je n'en sais rien. Elle n'a pas toute sa tête...

— Parce que vous oui ?

— Ça c'est votre boulot de le savoir !

À ce stade, nous avions tous les deux élevé la voix jusqu'au point de crier, tant et si bien que le surveillant, alerté par le bruit, vint jeter un œil à travers le hublot de la porte. Sa présence ne nous freina nullement, ni moi ni mon patient.

— J'ai lu le rapport du légiste. La légitime défense ne tient pas. Ces gosses, comme vous dites, ont été tués de sang-froid. Et c'est chez vous qu'ils sont venus, pas chez Laura, chez vous ! C'est vous qui avez laissé ce message à son concierge. J'ignore s'il s'agissait d'une simple invitation ou d'une convocation, mais dans tous les cas, vous saviez très bien qu'elle viendrait, et à aucun moment vous ne l'avez avertie que vous veniez de vous faire cambrioler ! Vous-même vous partez vous réfugier à quatre-cent kilomètres et à aucun moment vous ne songez à l'avertir que l'appartement n'est pas sûr ! Vous dites que vous n'éprouvez rien pour elle, et sincèrement, sur ce point précis, Thomas, je vous crois.

134

— Je n'ai jamais dit ça ! Je n'ai jamais dit que je ne ressentais rien pour elle !

— Qui étaient ces gosses ? Est-ce qu'ils savaient réellement quelque chose ? Quelque chose que vous ne deviez jamais apprendre ? Vous avez fini par découvrir de quoi il s'agissait ? C'est pour ça qu'ils sont morts ? Qui Laura cherchait-elle à protéger en vous cachant la vérité ?

Mon patient se cachait le visage derrière les mains. Je lui laissai précisément quatre dixième de seconde pour reprendre ses esprits.

— Si c'était moi qui avais commandité les meurtres alors pourquoi aurait-elle pris la faute ?

— Vous auriez pu l'en convaincre, la menacer d'utiliser les pouvoirs qu'elle vous prête... Si vous l'aviez déjà convaincu de tuer deux hommes avec un couteau de cuisine, la persuader de vous innocenter n'a pas dû être si difficile.

— Et j'aurais été assez stupide pour lui dire de planquer les corps dans ma cave ?

— Peut-être que ça ne s'est pas passé comme prévu ? Pourquoi ces hommes étaient-ils si dangereux ? Qu'avaient-ils à révéler ? Est-ce qu'ils savaient quelque chose sur vous, sur votre enfance, vos parents, sur Joseph ? De nombreuses anciens résidents de l'orphelinat ont porté plainte contre le père Olivier, pas vous, pourquoi ? Le Père Joseph ne savait-il vraiment rien de ce qui se passait ? Ou bien il l'a couvert ? Vous aviez peur que ça entache sa réputation ?

Cette fois mon patient se leva brutalement, jetant des regards en tous sens, dans une tentative désespérée de se libérer des quatre murs qui l'obligeaient à affronter mes questions.

— Je ne connaissais pas ces hommes ! Je ne leur ai jamais parlé ! Je ne les ai pas tués et je n'ai pas poussé Laura à le faire ! J'ignorais qu'ils reviendraient... Je suis peut-être un lâche et un égoïste mais je ne suis pas un assassin. Qu'est-ce que vous attendez de moi ? Du sensationnel ? Des certitudes ? Laissez-moi vous dire une chose : c'est très rare les certitudes dans la vie, et on n'obtient jamais celles qu'on convoite. On hérite de celles qui nous tombent dessus. Je ne pourrai jamais affirmer avec certitude qui a creusé *La Tombe*, comme vous ne pourrez peut-être jamais affirmer avec certitude que je suis innocent, mais une chose est certaine : que ce soit pour moi, pour Joseph, pour le Pape, rien au monde n'aurait pu m'amener à condamner Laura à passer le restant de sa vie enfermée ! Je ne pourrai jamais lui faire autant de mal...

Il avait fini sa dernière phrase d'une voix étranglée, prête à s'éteindre à tout jamais. Encore debout, il tremblait de tous ses membres. Je craignis de l'avoir poussé un peu trop loin, mais il finit par essuyer son visage mouillé de sueur et de larmes de sa main moite et se rassit, abattu, épuisé. Cette fois, je lui laissai dix bonnes secondes de répit.

— Thomas, je veux vous aider. Mais tant que vous refuserez de jouer franc-jeu avec moi je ne pourrai rien pour vous. Comment pourrais-je croire vos affirmations concernant les meurtres alors que je sais pertinemment que vous me cachez des choses sur d'autres sujets ?

— Je ne sais pas de quoi vous parlez.

— Vraiment ? Pendant des années, vous vous êtes rendu à votre travail tous les jours de la semaine. Vous n'avez jamais manqué un seul des cours que vous deviez dispenser. Vos collègues sont tous intarissables sur votre conscience professionnelle, votre sérieux. Au pire, ils osent effectivement sous-entendre que vous avez du caractère, que vous pouvez vous montrer têtu, mais ils s'empressent d'ajouter que c'est une qualité dans votre métier et que votre charme naturel rattrape aisément vos si rares sauts d'humeur. C'est vrai, vous ne sortez pas souvent, mais vous allez à la salle de sport trois fois par semaine, vous vous déplacez pour faire vos courses, et le weekend, vous aimez quitter la ville, partir faire de grandes ballades à la campagne pour vous aérer l'esprit. Vous dites même à vos collègues que c'est vital pour vous. Et là, vous rencontrez une femme, dont vous ne savez strictement rien, qui vous pose quelques questions sur *La Tombe*. Vous échangez des documents. Elle vient chez vous à deux reprises au cours de la semaine, dont une fois où elle s'introduit dans votre domicile par effraction. Ça ne vous choque pas plus que ça, soit. Alors vous lui rendez visite chez elle. Vous ravalez votre scepticisme vis-à-vis de ses croyances dans l'espoir d'avoir un rapport sexuel avec elle. Mais elle vous rejette brutalement. Alors vous rentrez chez vous et c'est là que vous prenez la décision de ne pas retourner au musée le lundi suivant. Vous ne travaillez plus qu'à votre domicile. Vous vous faites livrer vos courses. Vous ne partez plus vous promener. Vous ne faites plus de sport. Vous ne mettez plus le nez dehors qu'en de très rares occasions. Bref, vous passez trois semaines dans la plus complète autarcie, et cela soi-disant parce que vous craignez que vos collègues émettent un jugement péjoratif sur votre sujet de recherche. À qui pensez-vous pouvoir faire avaler ça, sérieusement ? Vos collègues ont pensé que votre soudain absentéisme était un effet à retardement de votre séparation avec Marion, ou que vous souffriez de surmenage, ou encore d'une crise de la quarantaine un peu en avance, et puis ils avaient autre chose à penser. Mais entre nous, que s'est-il réellement passé pendant ces trois semaines ?

Le patient fuyait mon regard. Le sien s'agrippait aux moindres interstices dans les murs de sa cellule comme s'il espérait pouvoir s'y cacher. La sueur perlait encore sur son front mais, sur son visage, le pourpre de la colère avait fait place à une lividité inquiétante. Il était à présent évident pour moi que ses crises d'angoisse et ses difficultés à affronter le monde extérieur avaient bien débuté à cette période-là, et pas après la prétendue tentative de cambriolage comme il l'avait déclaré.

— Qu'est-ce qui vous empêchait de sortir ? De quoi aviez-vous peur, Thomas ?

Il prit une grande inspiration et osa enfin me regarder à nouveau. L'air qu'il relâcha le fit trembler au passage. Il m'apparut tout à coup si frêle et craintif que j'eus un instant l'impression d'avoir devant mois un petit garçon de dix ans. Il appuya son front sur sa main et poussa un long soupir. J'imaginai le chemin qu'il était en train de parcourir mentalement. Si j'avais bien joué mon coup, il devait comprendre qu'une fois de plus, il était au pied du mur. Il alluma frénétiquement une nouvelle cigarette et me jeta avec un petit rire sarcastique :

— Très bien, Docteur, mais je vous préviens, vous allez me prendre pour un fou.

Malheureusement, l'enregistrement audio se coupa à ce moment précis et je ne m'en rendis compte que plus tard. J'essaierai donc de retranscrire au mieux ce dont je me souviens de cette partie de notre entretien. Tout avait commencé le dimanche 11 janvier, lorsque Thomas était rentré chez lui après avoir passé la nuit chez Laura. Il se sentait terriblement abattu et ne parvenait pas à penser à autre chose qu'à leur séance de méditation conjointe. Pour se changer les idées, il avait donc décidé d'aller se promener au bord de la Seine, quai Georges Gorse, puis de faire un détour par le jardin de l'île Seguin, comme à son habitude. Mais au moment de partir, il s'était blessé la main sur la poignée de la porte. Il avait contemplé avec stupeur l'entaille dans sa paume droite qui saignait abondamment. Après s'être fabriqué un bandage de fortune avec un torchon de cuisine, et avoir manqué de tourner de l'œil au moins trois fois, il avait cherché à identifier l'origine de sa blessure. La poignée métallique était parfaitement lisse, et la porte se verrouillait automatiquement, si bien qu'il n'utilisait ses clés que pour ouvrir la porte de l'extérieur. Il n'avait donc pas pu se blesser sur celles-ci. Ce premier événement le jeta dans un état de fébrilité tel qu'il crut être en proie à une sorte de fièvre grippale. Plus tard dans la soirée, osant retirer son bandage pour en changer, il remarqua que les saignements avaient entièrement cessé, bien que la plaie soit toujours béante. Celle-ci ne ressemblait plus du tout à une coupure à vif mais à une marque de brûlure, comme si sa paume avait été tranchée par une lame chauffée à blanc.

Il était donc parti se coucher sans rien avaler et avait rapidement sombré dans un sommeil profond, en repensant toujours à sa soirée avec Laura. Ce fut au cours de cette nuit-là qu'il fit ses premiers cauchemars. Le patient eut beaucoup de mal à me les décrire. Il affirmait qu'il ne s'agissait pas de cauchemars ordinaires mais d'une succession d'images obscures et dérangeantes, qui intervenaient toujours dans le même ordre. D'abord, il y avait un chat blanc qui le soufflait à trois reprises puis filait en courant dans une cage d'escalier semblable à celle de son immeuble. Ensuite, il y avait un champ de colza, bordé de quelques arbres aux branches inquiétantes qui se découpaient sur un ciel crépusculaire, puis un grondement de tonnerre, et alors des oiseaux en tous genres, moineaux, mésanges, ramiers, et même quelques buses, se mettaient à tomber du ciel en une pluie sinistre. Enfin, une tempête se levait, secouant les branches qui s'agitaient comme des bras appelant à l'aide, et le vent se mettait à hurler, ce qui le réveillait. C'était là que s'arrêtaient les cauchemars, lors de la première semaine en tout cas.

Le lendemain matin, au moment de sortir de chez lui, le patient avait été pris d'une angoisse terrible à l'idée de saisir à nouveau la poignée de la porte. Il trouvait cela ridicule bien sûr, mais quelque part au fond de lui, il avait la certitude que s'il tentait de l'actionner, *elle* le blesserait à nouveau. Il pensa qu'il accusait simplement le coup des émotions fortes de la veille. Se rappelant qu'à plusieurs reprises, il avait croisé un chat blanc dans les escaliers, et que l'animal, pour une raison qu'il ne parvenait pas à s'expliquer, lui avait fait froid dans le dos, il mit ses cauchemars sur le compte de la fièvre, et résolut d'appeler un médecin. La consultation à domicile ne lui apprit rien qu'il ne savait déjà concernant son état. Mais lorsqu'il voulut montrer la blessure sur sa main, il fut honteux de constater en même temps que le docteur que la plaie était très superficielle, et qu'elle ne nécessitait pas d'autres soins qu'une simple désinfection. Le médecin lui conseilla de bien s'hydrater, de se reposer, et de ne pas hésiter à rappeler si son état ne s'améliorait pas d'ici deux jours. Sur le coup, Thomas fut tout à fait rassuré et parvint sans difficulté à se convaincre qu'il lui suffirait de rester tranquille quelques temps pour reprendre tout à fait ses esprits.

Les mêmes rêves étranges le visitèrent les deux nuits suivantes. Pourtant, le mercredi matin, il se réveilla plus en forme et fut ravi de voir que la fièvre était totalement partie. Il me confia avoir eu le pressentiment qu'il s'était débarrassé de ses peurs. Il repensait notamment, mais cela il ne me le dit qu'à demi-mot, que ce chat blanc ne pourrait plus jamais l'effrayer, ni dans la réalité, ni dans ses rêves. Il ne craignait plus de se blesser à nouveau sur sa poignée. Tout semblait aller mieux. Pourtant, lorsqu'il ouvrit la porte pour sortir ses poubelles, il se figea. Le chat blanc gisait sur son paillasson, allongé sur le côté, la gueule ouverte, complètement raide.

Thomas avait retenu un haut le cœur sans pouvoir détacher son regard du petit cadavre. Pourquoi cette pauvre bête était-elle venue mourir devant sa porte ? Mon patient supposa qu'un voisin sadique avait mis du poison pour les rongeurs, et que le malheureux chat, ayant trop bien fait son travail de chasseur de souris, avait lui-même succombé au poison. « Et dire que des substances aussi dangereuses s'achètent en supermarché... » s'était-il désolé. Il m'avoua ensuite qu'ayant peur qu'on l'accuse d'être le voisin sadique en question, et n'ayant pas la moindre idée de l'identité du propriétaire, à supposer qu'il y en ait eu un, il avait simplement enfilé une paire de gants et descendu une poubelle supplémentaire. Dans l'après-midi, Thomas termina une bouteille de whisky en essayant vainement de chasser de son esprit l'image du félin et résolut d'étendre son congé à la fin de la semaine. Ce fut seulement là qu'il entreprit de reprendre ses recherches sur *La Tombe*.

Au cours du weekend suivant, d'autres événements du même genre vinrent le troubler. Le samedi, ce fut, d'après ses dires, une mésange bleue qui vint mourir sur le rebord de la fenêtre du salon, et le dimanche, un pigeon s'écrasa conte la vitre de la cuisine avec un bruit abominable. Thomas me raconta, affligé, qu'il n'avait rien pu faire d'autre que contempler les ailes étendues du volatile, immobile sur le sol en contrebas, et descendre une autre bouteille de whisky. De nouvelles images étaient venues s'ajouter à ses rêves étranges, celles de milliers de visages pâles, figés dans un silence de tombeau, desquels s'écoulaient des perles écarlates, par les yeux, les narines, la bouche, et les oreilles.

Nous en étions au lundi 19 janvier, soit la deuxième semaine de réclusion volontaire de mon patient. Ses recherches sur *La Tombe* commencèrent alors à dériver vers des sujets beaucoup moins catholiques. Sans m'en expliquer la raison à ce stade de notre conversion, Thomas m'apprit qu'il avait accumulé beaucoup de documentation sur les malédictions, les sortilèges, et tous les sujets ésotériques ou paranormaux impliquant des morts d'animaux inexpliquées.

Il répétait régulièrement que tout au long de cette période, il pensait énormément à Laura. Cette femme l'obsédait de plus en plus, à tel point qu'il avait parfois l'impression de l'entendre murmurer son nom à son oreille. Tout en souhaitant la rendre responsable des maux qui l'accablaient, il sentait grandir en lui la pulsion irrépressible de retourner la voir, de lui parler. Cette envie était d'autant plus renforcée par ses troubles du sommeil à présent de retour. Il se réveillait très tôt tous les matins alors qu'il ne s'endormait jamais avant trois heures et était incapable de faire la sieste. La première semaine, il lui avait suffi de repenser à la voix apaisante de Laura pour trouver le sommeil, mais désormais, il avait beau se repasser toute la scène encore et encore, cela ne lui apportait plus le moindre début de relaxation. Le mardi 20 janvier, en se rendant à l'épicerie, il avait cru apercevoir Laura en bas de la rue, mais la vision s'était évanouie comme un mirage. Il n'utilisait plus pour boire que la tasse dans laquelle il lui avait servi son café. Dans n'importe quel autre récipient, la boisson, que qu'elle fût, prenait un goût amer et lui donnait la nausée. Il se mit à la guetter par la fenêtre, tout en prenant garde aux éventuels oiseaux kamikazes qui pourraient le prendre pour cible.

La peur de la poignée revint au fur et à mesure que le sommeil repartait. Et à partir du samedi 24 janvier, de nouveaux cauchemars, s'empilant sur les précédents, finirent de jeter mon patient dans une insomnie complète. Aux visages en sang succédèrent des enchevêtrements de *corps sales et mous*, c'est là les mots qu'il employa pour les décrire. Les cadavres, humains cette fois, formaient de petits tas qui semblaient s'étendre à perte de vue, dans un brouillard nauséabond. Pour la première fois dans cette série de cauchemars, Thomas prenait corps au sein de son rêve et déambulait au milieu des dépouilles. Il distinguait alors une silhouette dans la brume pestilentielle, effrayante au début, mais qui, lorsqu'il reconnaissait enfin le Père Joseph, lui faisait reprendre espoir. Mais sa félicité était de courte durée. Le Père Joseph ne lui offrait qu'un visage dur, empreint de dégoût et de déception, totalement à l'opposé du sourire bienveillant qui le caractérisait. Puis, sans que Thomas ait le temps de prononcer le moindre mot, il lui tournait le dos et disparaissait. De ces rêves, mon patient ne s'éveillait plus en sursaut, mais en larmes.

Ces souvenirs de la semaine suivante étaient beaucoup plus confus car il ne dormait alors quasiment plus. Il se rappelait bien le coup de fil du Père Joseph, qui l'avait énormément rassuré. Il interprétait la désapprobation de ce dernier, qui n'avait d'existence que dans ses rêves en fin de compte, comme une conséquence de ses recherches en matière d'occultisme. Il y mit donc un terme, ne se consacrant plus qu'à son travail sur *La Tombe*, et ne s'autorisant aucune lecture annexe, mise à part celle de la Bible. Mais son obsession pour Laura ne faisait que s'accroître au fil des jours. Deux pigeons et un merle vinrent encore se suicider contre les carreaux de ses fenêtres. À la fin de la troisième semaine, il souffrait tant du manque de sommeil qu'il était prêt à croire que Laura saurait l'aider, qu'elle avait de véritables pouvoirs, qu'elle était la clé du mystère qui le privait de repos, et même que la terre était plate, pourvu qu'il puisse enfin dormir quelques heures. Et voilà comment, le mardi 3 février aux alentours de 17h, après avoir recouvert la poignée de sa porte d'entrée sous trois centimètres de papier journal, mon patient était retourné chez Laura Tarroux.

Je pensais honnêtement qu'il n'aurait pas d'autres révélations à me faire mais il me surprit en évoquant de sa propre initiative la fameuse soirée du cambriolage, ou plutôt le matin suivant à l'aube, juste après le départ de Mlle Vasseur. Tandis qu'il retournait dans sa chambre, il s'aperçut que *Caroline* et lui avaient légèrement déplacé le

147

lit au cours de leurs ébats. Il remarqua alors une sorte de poussière verte sur le sol. Cherchant l'origine de ces traces étranges, il avait jeté un coup d'œil sous son lit, puis, pris par une angoisse indicible, avait entrepris de déplacer ce dernier.

Là, sur le parquet, à l'endroit même où se trouvait son lit quelques instants plus tôt, au niveau de son oreiller, des motifs avaient été dessinés avec une craie verte. Thomas avait déjà vu quelques-uns de ces symboles au cours de ses recherches sur la magie noire. Il avait reconnu un pentacle enfermé dans un cercle, entre les branches duquel logeaient une sistrel, plusieurs emblèmes alchimiques liés à la lune, et quelques figures cunéiformes dont il ignorait la signification. Par instinct, sans vraiment savoir ce qu'il faisait, il avait repoussé la couette et arraché les draps, puis avait retourné son matelas. Une petite pièce de tissu avait été cousue à la tête de ce dernier. Thomas me jura qu'il n'avait jamais reprisé son matelas qui était d'ailleurs quasiment neuf. Avec peine, il avait réussi à arracher le morceau d'étoffe d'origine inconnue. Le matelas avait été ouvert. Dans la fente ainsi formée se trouvait une bourse de tissu vert, brodé de symboles. Il l'avait ouverte précautionneusement avant de la laisser tomber au sol en découvrant son contenu : une petite dent pointue, cinq plumes de formes et de tailles différentes, et une pierre noire.

Thomas m'expliqua que c'était cette découverte, bien plus que la tentative de cambriolage, qui l'avait poussé à fuir en Bretagne, et qui l'avait dissuadé par la suite de retourner vivre rue de Meudon. Une fois la peur d'être jugé dépassée, mon patient s'était montré prolixe. Je sentais en lui un réel besoin de se confier sur ces événements dont il n'avait jamais osé parler à quiconque avant moi, pas même à Joseph, ni à Robert.

C'est ainsi qu'il passa à sa période de vie commune avec Laura. Il m'expliqua combien les séances de relaxation qu'elle lui proposait lui avait été bénéfiques dans un premier temps. Elle ne cessait de lui répéter qu'il ne s'agissait que d'une méthode naturelle et parfaitement inoffensive pour l'aider à gérer ses troubles du sommeil, et comme il en avait terriblement besoin, il s'était laissé convaincre. Il s'était donc livré à ces exercices de plus en plus souvent. Il lui semblait qu'avec la pratique, il avait eu besoin de moins en moins de concentration pour faire le vide et s'endormir. Au bout de quelques temps, il en était même venu à penser qu'il suffisait d'un mot de la bouche de Laura pour le plonger dans un profond sommeil. Le simple fait d'écouter ses murmures pouvait lui procurer une grande détente et même l'amener jusqu'à un certain état de détachement vis–à–vis de la réalité. Il se sentait alors calme et serein, comme dans un rêve éveillé où rien ne pouvait l'atteindre.

Avec le recul, il lui apparaissait qu'il s'était trouvé dans cet état de plus en plus fréquemment, et que parallèlement, sa crainte d'affronter le monde extérieur s'était changée en la croyance véritable que quelqu'un ou quelque chose lui voulait du mal. Laura lui préparait des tisanes pour lutter contre les cauchemars. Le remède était d'une efficacité radicale. Il s'était donc laissé gagner par l'idée, plus ou moins consciente, que tout ce que cette femme pourrait lui prodiguer lui serait bénéfique. Alors, la grande majorité du temps, quand elle murmurait, il écoutait, et quand ses murmures contenaient une demande ou un souhait, il s'exécutait.

Nous en étions là lorsque je m'aperçus que l'enregistrement audio s'était coupé. Pestant contre mon étourderie, j'en relançai un.

— Elle m'a constamment laissé l'impression que j'étais parfaitement maître de la situation. Mais, maintenant, je suis sûre que ça n'était pas le cas. Enfin, évidemment... c'est idiot. J'imagine que c'est plus compliqué que ça.

Thomas avait déjà parcouru une grande partie du chemin mais, pour réellement progresser, il nous fallait exorciser ses peurs jusqu'au bout.

— Ce que vous essayez de me dire, c'est que quelque part au fond de vous, vous pensez que Laura vous a jeté un sort?

Il eut un rire bref et nerveux avant de se mordre l'intérieur de la joue sous le coup de l'angoisse.

— Il n'y a pas de jugement ici, Thomas. Répondez-moi simplement. Vous pensez que Laura est une sorcière, c'est cela ?

— Je le pense sans le penser. Je suis comme vous, je ne crois pas à ces choses-là, mais lorsqu'on les vit, c'est différent. Vous comprenez, Docteur ? Il ne s'est jamais rien passé dans votre vie qui vous ait fait douter, ne serait-ce qu'un instant ? Je ne sais pas comment elle s'y est prise, quels moyens elle a utilisé, mais sortilège ou pas, Laura m'a fait quelque chose. J'en suis certain.

À cet instant, je pouvais difficilement douter de la sincérité de mon patient. Il avait été réellement terrorisé par les événements qu'il venait de me rapporter, et tremblait encore à leur simple évocation. Par ailleurs, j'avais moi-même quelques suspicions concernant Laura qui ne pouvaient que m'encourager à le croire. Pas à croire que Laura fût une sorcière, bien sûr, mais à croire que, d'une certaine façon, elle l'avait réellement influencé.

Dans l'hypothèse, toujours plausible, de la psychose partagée, Laura apparaissait vraisemblablement comme le sujet primaire. En effet, une fois les deux sujets séparés, l'inducteur persiste dans son délire tandis que le récepteur, libéré de l'influence de l'Autre, retrouve généralement sa lucidité. Thomas n'était séparé de Laura que depuis trois jours à peine, et ces quelques jours avaient été des plus éprouvants pour lui. Il était donc encore trop tôt pour statuer définitivement, mais jusqu'à présent en tout cas, l'évolution des dispositions psychologiques de mon patient semblaient plutôt favorable à cette hypothèse de folie à deux, dans laquelle Laura aurait occupé la position dominante.

Cependant, d'autres aspects de leur relation ne coïncidaient pas avec ce diagnostic. Les crises de lucidité que Thomas m'avait dépeintes, comme si en de brefs instants, il parvenait à se soustraire à l'influence de Laura, que celle-ci devait régulièrement renforcer au cours de ces fameuses séances de relaxation, ne collaient pas avec le schéma classique de la psychose partagée. Une fois le sujet récepteur subjugué par le sujet primaire, il lui est généralement impossible de s'extraire du délire de l'inducteur à moins d'être physiquement séparé de celui-ci pendant plusieurs jours, ce qui n'avait jamais été le cas de Thomas sur la période qui nous occupait. C'est ainsi qu'au cours des aveux de mon patient, il m'était apparu de plus en plus probable que Laura ait su manipuler son esprit d'une autre façon.

Je dois ici, afin d'expliquer convenablement mes suspicions, revenir sur certains éléments de l'enquête. J'avais déjà dit à Thomas que l'hypothèse de la légitime défense comme mobile pour les meurtres ne tenait pas debout, sans lui exposer pourquoi. En vérité, cette hypothèse était mise à mal par le faible nombre de coups portés ainsi que leur précision. Il ne s'agissait pas de coups donnés au hasard par une victime effrayée, destinés à mettre en fuite ou à blesser l'adversaire. Les blessures retrouvées sur Elemiah et Daniel étaient le fruit de gestes quasi-chirurgicaux. Il semblait réellement étrange qu'une femme seule, *a priori* non entraînée à une quelconque forme de combat, puisse venir à bout si facilement de deux hommes dans la force de l'âge.

Le rapport toxicologique, bien qu'encore incomplet au moment de l'entretien, ne révélait la présence d'aucune drogue dans l'organisme des victimes. Laura avait-elle bien été surprise par cette intrusion, comme l'affirmait Thomas, ou conjecture plus abominable, avait-elle guetté leur arrivée ? S'était-elle cachée dans la pénombre, couteau à la main, en attendant le moment opportun pour frapper ? Mais la localisation des traces de sang indiquait que les meurtres avaient été commis dans le salon, et ce dernier était accessible directement depuis l'entrée, sans couloir ni encadrement de porte où se cacher. Il était donc difficile d'apporter beaucoup de crédit à cette hypothèse.

Par ailleurs, le rapport du légiste révélait que pour chacune des victimes l'œsophage et la trachée avaient été tranchés du même coup que l'artère carotide. La profondeur des entailles était telle qu'elle semblait même indiquer que les deux hommes avaient la tête penchée vers l'arrière lorsque le coup fatal leur avait été porté. Or, il était difficile d'imaginer que Laura ait eu suffisamment de force pour maîtriser à elle seule les deux hommes à la fois et les maintenir dans cette position assez longtemps pour leur trancher la gorge.

Si on écartait l'idée qu'elle ait pu avoir un complice, l'hypothèse la plus probable était qu'elle les avait d'abord assommés avant de les tuer. Aucune trace de contusion sur le crâne des victimes n'était venue corroborer cette hypothèse. Cependant, les corps n'ayant été retrouvés que quarante-quatre jours après la date présumée des meurtres, les processus naturels de décomposition avaient très bien pu masquer de telles marques de coups. C'était donc l'hypothèse qui avait été retenue par les enquêteurs. Laura n'avait cependant fait aucune mention d'un tel geste lors de ses aveux, alors même qu'elle s'était montrée très précise sur tout le reste. S'il y avait eu ellipse de sa part, celle-ci n'avait donc pas été un simple oubli mais bien une omission volontaire dont la raison m'échappait totalement.

Tous les résultats de médecine légale qui arrivèrent par la suite, après mon entretien avec Thomas Jean, confirmèrent l'hypothèse principale des enquêteurs. L'ADN de Laura Tarroux avait été identifié sur les deux corps ainsi que dans la cave. En revanche, aucune trace de l'ADN de Thomas n'avait été retrouvée sur les victimes. Mais malgré l'abondance et la convergence des preuves, je ne parvenais pas à me satisfaire complètement de cette hypothèse, et ceci, à cause des aveux de Laura. J'acceptai finalement qu'elle avait commis les meurtres seule. Mais je me heurtais encore au mobile et au mode opératoire.

Elle avait minutieusement décrit tout ce qu'il s'était passé et chaque preuve qui avait pu être récoltée attestait sa version des faits. Il était donc très tentant de penser qu'elle disait aussi la vérité concernant les faits qu'il était plus difficile de vérifier. Ces mots exacts avaient été les suivants : « Je les ai fait s'agenouiller avant de leur présenter la lame. Ils n'ont pas bougé d'un cil. Ensuite, je leur ai tranché la gorge d'un seul coup net, l'un après l'autre. Ils n'ont pas souffert ».

De quelle façon, si ce n'était pas par la force, les avait-elle contraints à s'agenouiller ? Pour quelle raison auraient-ils ainsi offert leur gorge en sacrifice à cette femme, tels des agneaux dociles ? Tout m'obligeait à croire qu'elle les avait bien assommés. Mais le récit de Thomas réveilla un doute qui demeurait dans mon esprit. Une interrogation se formula d'elle-même au milieu de mes pensées confuses et me glaça le sang. Dès lors, elle ne devait plus jamais me quitter, ni manquer de me plonger dans cette même angoisse chaque fois que je repenserais à la tragique rencontre entre Daniel Ansart, Elemiah Gremillet et Laura Tarroux. Inéluctablement, je ne pouvais m'empêcher de me demander *ce qu'elle leur avait murmuré.*

Mon professionnalisme m'obligeait néanmoins à mettre de côté ces élucubrations sordides, et à apporter à mon patient des explications rationnelles aux phénomènes étranges dont il se croyait victime. Je ne voyais alors dans les événements qu'il m'avait décrits qu'une suite malencontreuse de coïncidences, dont le caractère inexplicable avait été amplifié par sa consommation excessive d'alcool et le manque de sommeil.

Les symboles magiques tracés à la craie sous son lit et la petite bourse de tissu n'avaient pas été retrouvés lors de la perquisition. Mais Laura semblait capable de s'introduire chez lui à sa guise. Elle avait donc potentiellement eu tout le loisir de mettre en place ses items occultes puis de les faire disparaître en l'absence de Thomas. Ou ce dernier avait-il lui-même réalisé le dessin à la craie et le talisman sans pouvoir s'en rappeler ? Je n'avais cependant aucune raison valable qui me permettrait d'expliquer cette amnésie, et considérais ces questionnements comme secondaires. Je choisis donc de me concentrer sur le point qui me semblait le plus crucial.

Ma première hypothèse, celle de la folie à deux, ne s'étant pas révélée entièrement satisfaisante, il me fallait explorer la seconde, et je prévoyais d'y confronter mon patient de façon franche et directe.

— Thomas, avez-vous déjà été hypnotisé ?

Ma question le laissa coi.

— Si je vous demande cela c'est parce que le procédé utilisé par Laura pour vous aider à trouver le sommeil, tel que vous le décrivez, ressemble beaucoup à de l'hypnose.

— Non, je n'ai jamais essayé ce genre de trucs. Ça marche vraiment ?

— Bien sûr, il ne faut pas en attendre de miracle mais c'est une méthode qui a fait ses preuves dans de nombreux domaines. N'y voyez aucune obligation, mais j'aimerais vous proposer une séance. Je pense que cela vous apporterait un point de comparaison. Ainsi vous pourrez juger par vous-même s'il s'agit d'une expérience similaire à celle que vous avez vécue avec Laura.

— Quoi, là ? Maintenant ?

— Nous en avons le temps. C'est à vous de voir.

En proie au dilemme, il fixa ses mains agrippées l'une à l'autre devant lui sur la table, le front plissé, les narines dilatées.

— J'aimerais beaucoup que ça n'ait été que ça. J'imagine que je n'ai rien à perdre... Allons-y.

— Bien, le plus pertinent à mon sens serait de vous proposer un exercice de relaxation, afin de se rapprocher au maximum de vos séances avec Laura. Qu'en pensez-vous ?

Il regarda autour de lui d'un air amusé. Son ironie se justifiait amplement au vu du contexte. Les murs se ramassaient sur nous, et les bruits de pas du surveillant revenaient régulièrement dans le couloir, ponctués seulement par les invectives d'autres détenus.

— Je pense que ça ne va pas être facile. Qu'est-ce qu'il se passera si ça ne marche pas ?

— Absolument rien. Ça ne marchera pas, c'est tout. Mais ça va marcher. Vous pouvez me faire confiance.

Je l'invitai à prendre une position plus confortable sur sa couchette puis, une fois qu'il se fut allongé, je démarrai une induction classique en lui demandant de fixer un point au plafond et de ne se concentrer que sur ma voix et sur sa respiration. Très rapidement, j'observai sa fréquence respiratoire diminuer et ses membres se relâcher.

Ces premiers résultats semblaient confirmer ma suspicion. Une telle capacité au lâcher prise ne pouvait s'expliquer que de deux façons : ou bien j'avais devant moi le patient le plus sensible à la suggestion que j'avais jamais rencontré de toute ma carrière, ou bien il avait beaucoup d'entraînement. Il ferma les yeux à la seconde où je le lui proposai. Je m'attardai sur la relaxation kinesthésique et préparai une phase de transition en l'amenant à se visualiser en train de descendre les marches d'un escalier. Lorsqu'il serait arrivé en bas et pousserait la porte, il entrerait alors dans un lieu apaisant et réconfortant où il pourrait prendre le temps de se reposer.

Tout se déroulait de la façon la plus normale qui soit et j'étais convaincu d'avoir une parfaite maîtrise de la situation. Rien n'aurait pu me préparer à ce qui allait suivre. Une fois que Thomas eut mentalement passé la porte, je lui demandai de me décrire ce qu'il voyait. D'une voix très calme, il me dépeint consciencieusement l'appartement de l'avenue Maréchal Gallieni : d'abord l'entrée, puis le séjour, la cuisine. Mais lorsqu'il arriva dans la chambre, il se mit à hâter sa description, comme pris d'impatience.

— Tout va bien, Thomas ?

— C'est étrange. Je ne la vois pas. Elle devrait être là pourtant.

— Qui devrait être là ?

— Laura...

Sans ouvrir les yeux, il se mit à tourner la tête de droite et de gauche, comme s'il la cherchait du regard, puis l'appela à nouveau, de plus en plus inquiet. Je tentai de le rassurer.

— Vous ne craignez rien Thomas. Vous êtes en sécurité. Laura aussi est en sécurité. Elle va bien. Des personnes de confiance prennent soin d'elle. Si vous ne la trouvez pas ici c'est simplement parce que Laura n'habite plus dans cet appartement.

Sa respiration s'accéléra encore, se faisant de plus en plus saccadée. Je songeai à le réveiller mais, sans parvenir à me l'expliquer, j'avais l'impression qu'il était sur le point de me révéler quelque chose de capital. Il s'agita encore quelques instants, remuant la tête et les bras, puis se figea tout à coup. En moins de trois secondes, le plafonnier clignota puis s'éteint et avec lui toutes les lumières du couloir. Je me levai brutalement sous le coup de la surprise, manquant de renverser la table qui se trouvait devant moi. Le raffut produit par ma maladresse ne provoqua cependant aucune réaction de la part de mon patient, que j'imaginais encore paisiblement allongé dans l'obscurité.

Tandis que le bruit de sa respiration calme et lente me parvenait, une sensation aussi mystérieuse qu'inédite me noua soudain la gorge. Je fus sorti de ma torpeur par le surveillant qui vint m'informer qu'il s'agissait d'une coupure générale d'électricité et que le courant serait rétabli d'ici quelques minutes. Puis, après que je lui eus assuré que je ne risquais rien, il partit prêter main forte à ses collègues. Je tournai alors à nouveau un regard effrayé vers le fond de la cellule. La faible lueur du jour transperçait encore les volets et les éclairages de secours diffusaient une pâle lueur verdâtre. Mais il m'était toujours impossible de distinguer nettement les traits de mon patient, qui restait immobile. Les palpitations de mon cœur reprenaient de plus belles. Curieusement, c'était, plus que tout autre chose, l'idée de ne pouvoir dire si ses yeux étaient ouverts ou bien fermés qui me terrorisait.

Ce fut alors qu'un râle atroce s'extirpa de sa bouche. Ma première impulsion fut de fuir en appelant à l'aide, et pourtant, je restai figé. C'était toujours cette même interrogation terrifiante qui me paralysait : *était-il réveillé* ?

— Thomas ?

— Je ne m'appelle pas Thomas.

C'était toujours sa voix, tout à fait calme, d'une impeccable neutralité. Pourtant, je frissonne encore d'effroi chaque fois que j'écoute à nouveau l'enregistrement. Des notes indescriptibles se glissaient entre chaque syllabe qu'il prononçait, me donnant l'impression abominable qu'il contrefaisait sa propre voix. Un sentiment d'exaltation se mêla cependant à mon angoisse. Ce cas m'apportait-il un rebondissement inattendu ? Thomas souffrait-il réellement d'un profond dédoublement de personnalité, que l'hypnose m'aurait permis de mettre à jour ? Sur le moment, je ne prêtai pas attention à l'air glacé qui emplissait désormais toute la pièce. Je ne pensai plus qu'à mon diagnostic.

— Comment vous appelez-vous ?

— Docteur, si j'avais retrouvé mon nom, nous ne serions pas en train d'avoir cette conversation.

J'avais maintenant la quasi-certitude que ses yeux étaient bien ouverts mais il n'avait pas bougé pour autant, fixant toujours le plafond. Il s'adressait à moi avec une condescendance non dissimulée tout en gardant le ton le plus affable qui soit.

— Docteur, je crois que, vous et moi, nous pouvons nous aider mutuellement.

— Bien sûr. Comment puis-je vous aider ?

— Je veux voir Laura.

— Malheureusement, j'ai peur que ce soit impossible.

— Pourquoi ?

Sa question restait tout à fait aimable, presque amusée, comme s'il croyait que je lui faisais une farce, et qu'en réalité, je ne tarderais pas à lui procurer ce qu'il convoitait. Je répondis donc sur le ton le plus péremptoire possible.

— Vous savez très bien pourquoi.

Aujourd'hui encore, ces cinq mots me hantent toutes les nuits. Je n'avais jamais connu le sens du mot « regret » avant d'avoir prononcé ces mots. La *chose* dans l'obscurité qui disait ne pas s'appeler Thomas comprit que je n'étais aucunement disposé à l'aider, ou bien que je n'en avais pas les moyens - ce qui, je pense, revenait au même pour elle.

Si j'avais répondu différemment, si je ne l'avais pas provoqué, si j'avais su entamer une négociation avec lui, peut-être aurais-je pu éviter le drame qui suivit cet entretien.

Un long soupir traîna dans l'air comme s'il se déplaçait dans toute la pièce. Un frisson me parcourut lorsque je le sentis passer dans mon dos. Le cœur levé, je fixai le corps toujours inerte devant moi.

— Du fond du cœur, Richard, j'espère que ta très chère amie se montrera raisonnable.

— De qui parlez-vous ?

— Mais enfin, de ton estimée collègue, le Docteur Maria-Angelica Alves, cette petite traînée avec laquelle tu aimais tant tromper ta femme. Je te comprends, cela dit. Pas de jugement ici, n'est-ce pas ? Mais je vais être très clair avec toi. Si tu tiens encore ne serait-ce qu'un tant soit peu à elle, tu vas devoir lui faire comprendre que le moment venu, quand cette histoire sera terminée, quand je serai lavé de tout soupçon, libre comme l'air, et que je lui déposerai ma demande d'autorisation pour rendre visite à Laura, il faudra qu'elle se montre raisonnable. Toi et moi connaissons bien Maria. C'est une femme dévouée, et butée. Elle voudra protéger sa patiente à tout prix. Elle fera passer son bien-être avant tout. J'ai de la reconnaissance pour cela, et même de l'admiration. Mais il y a quelque chose d'essentiel dont tu dois bien tenir compte, Richard. Ta collègue ne parviendra jamais vraiment à comprendre qui est Laura, toi non plus d'ailleurs. Moi, je la comprends. Je la connais. Je sais ce qu'elle veut et j'ai ce dont elle a besoin. Je *suis* ce dont elle a besoin. Et j'ai besoin d'elle moi aussi. Il est vrai que jusqu'à présent, elle a toujours tenté de me résister. Cette fois, elle a même été jusqu'à tuer pour m'empêcher de revenir, et pourtant, après ces quelques jours, à Ostara... elle était presque prête. Quelques heures de plus m'auraient suffi. Mais rien n'est jamais fini pour nous, Richard. Je la hanterai jusqu'à son dernier souffle. Je la tourmenterai et la comblerai jusqu'à ce que lentement, insidieusement, sa petite cervelle accepte l'inévitable. Je ferai en sorte qu'à notre prochaine rencontre, elle jette les armes avant même d'avoir combattu. N'oublie jamais ce que je viens de te dire, Richard. Pense à Maria-Angelica. Pense à la compétition de basket-ball de ton fils le weekend prochain. Il te détestera de ne pas le laisser y aller. Mais tu vas lui sauver la vie. Lorsque le poids lourd viendra s'encastrer dans l'avant du bus, aucun des éclats de tôle qu'il projettera ne viendra transpercer sa cage thoracique. Parce qu'au lieu d'aller à cette compétition avec ses futurs défunts amis, il devra aller à Disneyland Paris avec sa sœur cadette et son cher papa.

Jusque-là, j'avais écouté sans réagir, médusé, incapable de prononcer le moindre mot. Mais à l'évocation de mon fils et de cet accident d'autobus, j'eus le sentiment de revenir à moi, comme si je retrouvais tout à coup la surface après une longue apnée. Je repris instantanément la pleine possession de mes moyens et le contrôle de la situation. J'avais en face de moi un patient avec lequel j'avais entamé une séance d'hypnose à laquelle il était grand temps de mettre un terme. Je lui fis remonter les marches à toute allure et me hâtai de le réveiller. Je scrutai encore les ténèbres devant moi. Elles ne m'offraient nul indice quant à la réussite de mon entreprise.

C'est à ce moment que la lumière revint. Un instant ébloui, je plissai les yeux, puis observais avec un immense soulagement Thomas cligner des paupières puis tourner la tête vers moi.

— J'ai dormi, non ?

Sa voix me sembla à nouveau parfaitement naturelle. Je m'efforçai de reprendre une contenance le plus rapidement possible, tout en dissimulant mon trouble.

— Oui, Thomas. Vous avez dormi assez profondément. Qu'est-ce que vous vous rappelez ?

— Pas grand-chose après avoir poussé la porte... J'étais chez moi, je crois. Ensuite je me rappelle avoir remonté les escaliers. C'est tout. C'est dingue... Alors, c'était juste ça ? Laura n'a pas de pouvoirs occultes ! C'était juste de l'hypnose !

Je répondis à ses exclamations euphoriques par un simple hochement de tête et un sourire qui se voulait encourageant. Il se rassit sur la couchette et enfouit un instant son visage dans ses mains, puis me regarda à nouveau en poussant un soupir de soulagement.

Son expression réjouie et presque naïve était à des années lumières des accents autoritaires et redoutables que j'avais perçus dans la voix de celui qui m'avait parlé sous hypnose. Ainsi, l'idée de lui raconter ce qui venait de se passer pendant la deuxième partie de la séance ne m'effleura pas l'esprit un seul instant. J'ai mis longtemps à comprendre ce qui m'a poussé à cacher la vérité à Thomas. Aujourd'hui, je pense que c'était simplement par compassion.

Sur le moment, je repoussai la terreur que ses paroles avaient fait naître en moi et tentai de rattacher cette expérience à d'autres dont j'avais l'habitude. Mais cela se fit, dans mon esprit, davantage dans un souci d'efficacité, pour chasser les craintes indicibles qui menaçaient de me dévorer, que dans un souci d'exactitude.

Pour être tout à fait honnête, je dois avouer qu'à partir de ce moment, je n'eus plus autant à cœur de découvrir la vérité. À partir de ce moment, je me mis même à la redouter, plus que tout autre chose. Plus que de passer à côté de mon diagnostic, plus que de négliger des pans entiers de notre entretien, plus que de m'arrêter sur un jugement trop hâtif. Cette disposition d'esprit, dont je n'avais hélas pas conscience, ne me quitta d'ailleurs pas jusqu'à la fin du procès. Et il fallut que le sang coule à nouveau pour que j'ose enfin rouvrir les yeux.

Ainsi, je trouvai une explication rassurante dans l'idée que l'influence de Laura avait très bien pu s'étendre jusqu'à l'inconscient de mon patient. Cette strate psychique étant en réalité la cible privilégiée de l'hypnose, il était même logique que les croyances instillées par Laura dans l'esprit de Thomas fussent toujours si vivaces lorsqu'il se replongeait dans un état de transe. Il s'octroyait alors le caractère dominant et les pouvoirs de prédiction qu'elle lui prêtait. Concernant ma relation adultère passée avec Maria-Angelica, je ne voyais là de sa part qu'une supposition éclairée. Quant à l'accident d'autobus, il ne s'agissait évidemment que d'une invention pure et simple, destinée à m'effrayer.

6. Avec conviction

et avec une tristesse rigoureuse

Les croyances de Laura étaient donc encore bien présentes dans l'inconscient de mon patient. Mais cette dernière s'était toujours employée à rester le plus vague possible lorsqu'elle l'entretenait de ses fables. Elle avait, volontairement ou non, veillé à entourer ses histoires de mystère, faisant d'elles des entités nébuleuses, impossibles à clairement délimiter, et donc à attaquer. Pour aider Thomas à s'en libérer, le plus judicieux me semblait de lui exposer ce en quoi consistait précisément le délire de son ex-compagne. Et je me figurais que le plus efficace serait encore qu'il l'apprenne d'elle directement.

— Si vous êtes d'accord, je voudrais vous faire écouter un autre extrait du second entretien entre le Dr Alves et Laura.

Mon patient acquiesça simplement. Comme la panne d'électricité n'avait pas terminé d'exciter les autres détenus, je montai un peu le son du haut-parleur sur le dictaphone, et lançai l'enregistrement[4].

---

[4] Entretien du 23 mars à 9h30 entre le Dr Maria-Angelica Alves et Laura Tarroux à l'Infirmerie psychiatrique de la préfecture de police du groupement hospitalier Sainte-Anne, extrait n°2.

« *Est-ce que Thomas vous a déjà fait du mal ?*

— Ça fait des siècles qu'on se fait du mal, lui et moi. Nous sommes incapables de nous arrêter. Nous n'apprenons jamais rien. Ça recommence encore et encore, comme une danse perpétuelle. Chaque fois que je le rencontre, même lorsque je sais déjà ce qu'il va arriver, je ne peux pas passer mon chemin. Je ne veux rien d'autre que me fondre dans ses bras. Et que je me rappelle déjà notre destin, ou non, je m'y précipite avec la même ardeur. Je suis incapable de renoncer à ces moments de grâce, même s'ils sont toujours si brefs. Ces quatorze jours sont passés trop vite, comme à chaque fois. Maintenant, je dois payer le prix pour chacun de ces jours que j'ai volés, et je suis en enfer à nouveau. Pourtant, je sais que la prochaine fois que nous nous rencontrerons, je ne passerai pas mon chemin.

— Vous pensez que vous allez le revoir ?

— Pas dans cette vie. Mais dans la prochaine, c'est certain. La vie, la mort, tout n'est que cycle. Rien ne se perd, rien ne se crée, tout se transforme. Lavoisier parlait d'éléments chimiques mais c'est la même chose pour les âmes.

— Vous parlez de réincarnation ?

— On peut appeler ça comme ça.

— Donc vous aviez déjà rencontré Thomas dans une de vos vies précédentes ?

— Dans chacune d'entre elles.

— Pourriez-vous me raconter la première fois où vous l'avez rencontré ?

— Vous voulez entendre une jolie histoire, c'est ça, Docteur ?

— Oui, Laura, j'aimerais beaucoup entendre une jolie histoire.

— Si je vous la raconte, vous me promettez de ne la répéter à personne ?

— Vous avez ma parole.

— Jamais, sous aucun prétexte.

— Je vous le promets. »

D'un geste d'une rapidité déconcertante, Thomas coupa l'enregistrement de l'entretien entre Maria et Laura. Il me fixa droit dans les yeux, l'air hésitant, presque effrayé.

— Peut-être que nous ne devrions pas écouter ça.

— Pourquoi cela, Thomas ?

— Je ne sais pas... Votre collègue a donné sa parole. Ce n'est pas contre vos principes de déontologie ?

Mais je devinais à son regard que la confidentialité entre patient et médecin était son dernier souci. Il avait peur de ce qu'il allait entendre. J'admets que, bien que je n'en aie pas vraiment eu conscience sur le moment, c'est probablement l'envie de faire payer à Thomas la frayeur qu'il m'avait causé en évoquant l'accident d'autobus qui m'amena à insister, sous de faux prétextes, bien entendu.

Une impulsion étrange et détestable me poussait à le confronter aux paroles de Laura. Je voulais qu'il écoute ce qu'elle avait fini par confier à Maria-Angelica, qu'il sache tout ce qu'il y avait à savoir. J'étais impatient de pouvoir observer ses réactions, car il me semblait que dès lors, j'aurais exorcisé toutes mes intuitions, et obtenu toutes les réponses que j'étais venu chercher.

— Il n'y a là rien qui puisse nuire à qui que ce soit. En revanche, je pense que vous pourriez peut-être trouver ici des réponses qui pourront vous aider, et qui sait ? Peut-être l'aider elle ?

S'il s'agissait de venir en aide à Laura, il ne pouvait pas se permettre une lâcheté de plus. Je le savais parfaitement. Il retira sa main et passa un doigt sur l'arrête de son nez, avant de m'inviter à relancer l'enregistrement d'un signe de tête sceptique. La voix de Laura reprit sur un ton naïf de conteuse :

« Il était une fois une sorcière, ni gentille, ni méchante. C'était une femme libre. Appelons-la J. J., de par sa

profession, fréquentait très souvent la forêt, notamment la nuit. Car la récolte des plantes qu'elle utilisait pour préparer ses potions, décoctions, remèdes et autres poisons devait être réalisée, la plupart du temps, à la seule lumière de la Lune. Ce fut lors d'une de ses cueillettes nocturnes, au détour d'un chemin, que la sorcière fit la rencontre d'un homme à la stature impressionnante et au regard sombre, qui resta d'abord muet lorsqu'elle l'interrogea sur son identité et le pourquoi de sa présence dans la forêt, en pleine nuit. C'était bien la première fois que J. croisait quelqu'un au beau milieu d'une récolte de belladone et elle trouvait ça plutôt louche. Qui plus est, ce mystérieux promeneur n'était comme aucun homme qu'elle avait pu rencontrer auparavant, pour la simple et bonne raison que ce n'était pas un homme. Pour elle, c'était un dieu des temps anciens, de ceux qu'elle était une des dernières à prier. Bien sûr, ceux qui portent la bure vous diront que c'était un démon, ou même le diable en personne, mais les multiples divergences taxinomiques entre le catholicisme et le paganisme ne sont pas ce qui nous intéresse ici. Appelons-le C., comme clé.

C. et J. sont vite devenus très bons amis. Ils avaient beaucoup à s'apporter l'un à l'autre. C. était excessivement charmant et une source intarissable de connaissances ésotériques et médicinales en tous genres.

J. avait de la conversation et une jolie paire de fesses. Ils se voyaient très souvent et s'appréciaient beaucoup. C. n'étant pas partageur, pour lui faire plaisir, J. promis que dorénavant, elle ne servirait aucun autre dieu que lui. En retour, il lui fit don d'une Marque, de laquelle elle pouvait tirer de grands pouvoirs.

Des mois passèrent dans une parfaite félicité, jusqu'au jour fatidique où il leur arriva ce qui arrive à tous les couples amoureux, qu'ils soient mariés, concubins ou libertins, humains, dieux ou démons : ils se disputèrent très fort. L'histoire n'a pas retenu l'objet de leur désaccord. J. avait dit non à C. pour une raison qu'eux-mêmes auront déjà oubliée avant la fin du récit qui nous occupe. Une affaire sans gravité donc, me direz-vous. Et bien non, parce que gravité ou pas, le réel problème, c'était que J. avait mis C. en colère, et que quand C. se met en colère, le monde tremble, vacille, change de sens de rotation, tourne de plus en plus vite sur lui-même et finit par s'enflammer. Ce qui arrive aux pauvres âmes qui appartiennent à ce monde, au mieux, ne le concerne pas, au pire, le fait rire. Ce fut ainsi que C. instigua une folie meurtrière dans l'esprit du roi de l'époque, qui déclencha alors une guerre civile dans son propre royaume.

J. retourna donc voir C. pour lui demander d'oublier quelques instants leur différent et de mettre fin à ce carnage insensé. Mais C. n'apprécie pas de se voir donner des ordres. Il répondit à la sorcière qu'elle ne devait pas oublier qui d'entre eux était le maître et provoqua dans la foulée le massacre de son village. Courroucée par ces paroles et n'ayant plus un seul client, J. décida de reprendre les choses en main. Elle savait qu'un ordre de moines-guerriers-chasseurs-de-démons en avait après C. et projetait de le renvoyer en enfer manu militari. Elle savait également que C. avait balayé leurs premiers assauts d'un simple revers de main et qu'il était loin de les considérer comme une menace.

Mais les tristes bougres avaient appelé du renfort. La sorcière, pourtant dépourvue de talents de divination, n'avait aucune peine à imaginer la suite des événements. La colère de C. et ses conséquences pour les habitants de la région étaient sur le point de s'estomper. Il avait d'ailleurs déjà cessé de tourmenter l'esprit du pauvre roi, qui cherchait désormais un moyen de mettre fin aux combats qui ravageaient son royaume. Mais les hostilités répétées des fous de Dieu, bien connus pour leur entêtement à faire régner l'ordre divin quel qu'en soit le prix, ne manqueraient pas de raviver la rage de C., entraînant toute la contrée dans un tourbillon ravageur

175

de haine et de tueries. *Ayant eu son lot de barbaries et se sentant quelque peu responsable de cette situation, la sorcière alla donc trouver le chef de l'Ordre, c'est ainsi que se faisaient appeler ces moines-guerriers, afin de lui offrir son aide pour ramener la paix.*

Bien vite, il lui apparut que l'Ordre était tout aussi enragé que C., et qu'il disposait de moyens bien supérieurs à ceux qu'elle avait d'abord imaginé. Avec un brin de remords, elle se mit à douter que son amant soit réellement capable de vaincre ces chasseurs assoiffés de sang, dont le nombre et la détermination semblaient infinis. C'est sans doute cela, qui à la fin, arrêta sa décision. Malgré leur réticence à collaborer avec une telle engeance maléfique, les moines de l'Ordre durent bien reconnaître que la proposition de la sorcière était alléchante. Elle acceptait d'attirer C. dans un piège et de l'y garder captif pendant les quatorze jours nécessaires à la réalisation du rituel qui permettrait aux moines de priver C. de ses pouvoirs, et ainsi, de mettre fin aux carnages. En échange, elle demandait simplement qu'on leur laisse la vie sauve, à C. et elle. La sorcière et les moines conclurent donc un pacte, mais ses derniers n'eurent jamais l'intention de le respecter. L'idée même de laisser vivre de telles créatures leur était insupportable.

La sorcière et son amant démoniaque seraient envoyés en enfer aussitôt le rituel achevé.

J. tint parole. Toute sa vie on l'avait accusée de vouloir amener la peste, la vérole et la grêle, de ne penser qu'à la plus vile façon de nuire au genre humain, et pourtant elle avait résolu de renoncer au seul être qu'elle avait jamais aimé pour épargner sa fureur au monde. Trahir C. était sans doute le pire supplice qu'elle pouvait s'infliger, mais la sorcière se rappelait trop bien son village réduit en cendres. Elle l'attira dans le piège, et lorsqu'il se referma sur lui, C. comprit aussitôt ce qui se passait. Il devint fou de rage, mais ne put néanmoins se résoudre à libérer toute sa puissance pour briser le sceau qui le retenait prisonnier, car cela aurait entraîné la mort de J.

Il l'appelait traîtresse, elle l'accusait de ne pas lui avoir laissé d'autres choix. Il promettait de se venger, elle le mettait au défi de prendre sa vie. Il lui avouait qu'il en était incapable, et elle, que malgré tous les crimes qu'il avait commis, son amour pour lui perdurerai jusqu'à ce que les lits des rivières soient asséchés, que son amour ne saurait s'éteindre tant que le soleil continuerait à se lever dans le ciel azur. Alors, il la prenait dans ses bras et ils s'aimaient. Ils se pardonnaient, pour quelques heures, jusqu'à ce que l'horreur de leur situation leur revienne, et qu'ils s'accusent l'un l'autre à nouveau, se lançant au visage les injures et les incantations les plus abominables.

Quatorze jours passèrent ainsi, pendant lesquels les vingt-et-un moines rassemblés autour du sceau sacré prièrent sans relâche, les yeux supposément fermés, pendant que le démon et la sorcière tantôt s'écharpaient, tantôt faisaient l'amour. Au quatorzième jour cependant, sentant l'issue approcher, fatigués de tant d'ébats et de batailles, ils parvinrent à trouver un semblant de paix. J., en larmes, implora C. de lui pardonner, et C. lui répondit dans un sourire qu'elle avait fait ce qu'il fallait.

Ce fut à ce moment que le rituel s'acheva. Mais tandis que les moines pensaient assister à la descente aux enfers de ces deux suppôts de Satan, dans un déferlement de flammes et de cris tourmentés, ils ne virent que la sorcière qui retenait le corps de son amant, tombé inconscient dans ses bras. Bien sûr, J. ne s'était jamais laissée tromper sur les véritables intentions de l'Ordre. Elle avait modifié le sceau à leur insu, donnant ainsi un tout autre but au rituel qu'ils venaient de réaliser. Elle avait dû composer avec les maigres possibilités qui lui étaient offertes par cette étrange mais néanmoins nécessaire collaboration. C. avait bien perdu ses pouvoirs, de même que sa mémoire, mais ni lui, ni elle, n'irait en enfer. Elle s'était servi de la puissance magique des moines pour leur *forger un talisman de protection, gravé à même leurs âmes, et qui empêcherait à jamais l'Ordre de les envoyer brûler aux confins du Tartare. C'était ce même talisman qui privait C. de ses pouvoirs.*

Les moines n'eurent d'autre choix que de se contenter de cette maigre victoire. Ils abandonnèrent C., amnésique et désemparé, aux abords d'un village d'une contrée voisine, où il mena quelques temps une vie d'errance, avant d'apprendre le métier de forgeron et de fonder une famille. J., qui tirait ses pouvoirs de ceux de C., en était désormais, tout comme lui, totalement dépourvue. Pourtant, l'Ordre la considérait toujours comme une menace, car elle se souvenait de tout. Elle connaissait le nom du démon, et si jamais elle le lui révélait, elle briserait alors le talisman et libérerait ainsi cette effroyable créature, dont la colère se déverserait sur toute la chrétienté. Cette femme devait absolument disparaître, ainsi que toute trace de ses abominables pratiques, ou même de son existence. Les moines la ramenèrent à son village, où tous avaient péri de façon si brusque et si violente qu'il n'était resté personne pour porter en terre les défunts.

Lorsqu'ils furent arrivés à la maison de la sorcière, en bordure de forêt, le chef de l'Ordre choisit au hasard un de ses terribles breuvages, et lui ordonna de l'ingérer. Les yeux de J. se révulsèrent d'horreur car, de tous les poisons qu'elle avait préparés et rangés sur ces étagères, le moine avait bien choisi le pire, à croire que sa main avait bel et bien été guidée par Dieu lui-même. Il menaça de tuer C. si elle refusait d'obtempérer. J. avala donc l'élixir d'agonie, un extrait concentré de Datura stramonium, et son esprit se trouva bientôt pris au piège dans un délire infernal. Les moines creusèrent une tombe, dans laquelle ils placèrent les cadavres d'un villageois veuf et de sa fille, tués lors du massacre. Puis ils y jetèrent la sorcière, en proie à de terribles hallucinations, toute secouée de violentes convulsions, et dont les cris effroyables retentirent encore bien après que la terre l'eut entièrement recouverte.

L'Ordre pensait alors avoir vaincu ces redoutables ennemis et triomphé des forces du Mal. Mais leur ignorance des anciens cultes et leur mépris des dieux païens les avaient encore une fois trompés. De même que les cycles des saisons se répètent éternellement, le printemps succédant toujours à l'hiver, l'essence spirituelle et immatérielle de C. ne pourrait jamais s'installer dans une mort définitive et irrévocable, comme celle qui est destinée aux hommes. Il vivrait une vie ordinaire, mais après sa mort, il renaîtrait. J. étant sa disciple, et portant sa Marque, il en irait de même pour elle. Et l'histoire se répèterait dans une boucle infinie.

Une seule fois dans chaque vie, la réincarnation de C. aurait la possibilité de se rappeler son nom véritable au cours des quatorze jours précédant le sabbat majeur d'Ostara. S'il y parvenait, il retrouverait ses pouvoirs et sa vengeance s'abattrait sur l'humanité tel un couperet. Une seule fois dans chaque vie, la réincarnation de J. aurait la possibilité de l'aider en lui révélant son nom véritable, obtenant ainsi du même coup sa propre vengeance, ses pouvoirs, et la joie de retrouver son amant. L'autre choix qui s'offrait à elle était de le maintenir dans l'ignorance en l'empêchant de se souvenir de ses vies passées, préservant ainsi de nombreuses âmes, le plus souvent au sacrifice de la sienne.

Avec l'expérience, les moines de l'Ordre ont fini par comprendre cela. Aujourd'hui, ils surveillent encore, guettant le moment où les réincarnations de J. et de C. se rencontrent à nouveau. Parfois, ils interviennent, parfois, ils se contentent de prier que le choix de la sorcière leur soit favorable. Et il l'est la plupart du temps, mais pas toujours ».

Alors que l'enregistrement diffusait la voix douce de Laura, il m'avait semblé voir apparaître une lueur nouvelle dans le regard de Thomas, que je ne parvenais à rattacher à aucun sentiment connu. Ses mâchoires serrées accentuaient les pulsations à ses tempes. Ses yeux croisèrent un instant les miens, et alors, je me surpris à les baisser. Un frisson parcourut mon échine. Cette clarté étrangère me rappelait la subtile différence de tonalité entre la voix de Thomas et celle qui m'avait parlé à travers les ténèbres.

« Comment connaissez-vous cette histoire, Laura ?
— Je m'en suis souvenue petit à petit.
— Quand avez-vous commencé à vous en souvenir ?
— Il y a dix ans environ. Au début, c'était juste des rêves. Puis c'était des visions en plein jour que j'avais même quand j'étais réveillée. Je pensais que je devenais folle. J'ai essayé de les faire partir avec des médicaments. À cause de ça, Lisa est morte. Tout s'est accéléré après l'accident. Je me rappelais mes vies passées, d'abord la précédente, puis celle d'avant, et encore d'avant, de plus en plus anciennes. De celle de J., je n'avais que des fragments. Elle m'est revenue quand j'ai découvert La Tombe, *sa tombe. Plus j'en apprenais sur* La Tombe, *plus je me rappelais, et plus je me rappelais, plus j'avais l'impression que J. revenait à la vie, à travers moi. C'était comme si je devenais elle, et de plus en plus, comme si j'avais toujours été elle. Lorsque je me suis enfin rappelée toute l'histoire, j'étais déjà amoureuse de Thom. J'ai réussi*

à faire en sorte qu'il ne retrouve pas ses souvenirs. Je crois qu'ils m'ont aidé. Thom ne sait rien. Il ne sait pas pour Joseph. Il pourra passer à autre chose, refaire sa vie avec n'importe quelle pétasse. Moi, je ne n'oublierai jamais. Je l'aime davantage chaque jour maudit qui passe, mais il est perdu pour moi, et Dieu seul sait quand nous nous reverrons.

Un long soupir s'extirpa du haut-parleur, suivi d'un silence lourd.

— *Je me sens très fatiguée, Docteur.*

— *Je comprends. Nous avons fait d'incroyables progrès aujourd'hui, Laura. On peut peut-être arrêter là, nous reprendrons demain qu'en dites-vous ?*

— *Oui, Docteur... Maria, n'oubliez jamais votre promesse. Je vous en conjure ».*

Je coupai l'enregistrement sous l'œil interrogateur de mon patient. Je m'attendais à ce qu'il soit bouleversé par ce qu'il venait d'entendre. D'après les dires de Laura, la famille idéalisée de *La Tombe*, à laquelle il avait consacré une bonne partie de sa vie, n'était en fait qu'une supercherie destinée à camoufler un crime odieux.

Mais il ne montra qu'une parfaite indifférence face aux propos qu'il venait d'entendre, comme s'il ne leur accordait pas le moindre crédit. Je notai cependant une certaine avidité dans sa question.

— C'est tout ? Il n'y a rien d'autre ?

— Non, ça s'arrête là.

— Vous êtes sûr ?

— Sûr et certain. Il semble que suite à cet entretien, Laura se soit enfermée dans un mutisme complet. Elle a peut-être simplement besoin d'un peu de temps.

Je l'ignorai alors mais le temps n'arrangerait rien. Il n'y eu jamais d'autre échange de ce genre entre Maria et Laura par la suite. Cette dernière refuserait toujours de répondre aux questions qu'on lui poserait, notamment concernant sa relation avec Thomas. Sur le coup, le ton inquisiteur qu'il avait employé me laissa perplexe. Il se leva d'un bond, secouant à son tour la table et le lit, duquel tomba la Bible qu'il y avait déposée plus tôt. J'étais sûr qu'il s'en était rendu compte, et pourtant, il ne ramassa pas l'ouvrage sacré. Il ne lui accorda même pas un regard. Je trouvai cette attitude étrange de la part d'un homme si croyant. Mais l'expression de son visage me choqua davantage. Il avait l'air extrêmement déçu, infiniment frustré, à la limite du désespoir. S'était-il en fin de compte attendu à trouver une quelconque vérité dans la fable saugrenue de Laura ?

— Jésus a dit : « Celui qui s'abreuvera à ma bouche deviendra comme moi. Moi-même, je deviendrai lui et ce qui est caché lui sera révélé ».

C'était la deuxième fois qu'il me citait la Bible. Son ton était devenu plus sarcastique, mais je ne voyais pas le rapport avec ce que nous venions d'entendre. Il appuya sa main contre le mur et se tourna à demi vers moi avec un sourire triste.

— Ses lèvres sont scellées désormais.

— Le Docteur Alves m'a rapporté qu'une infirmière l'avait entendue parler toute seule dans l'après-midi. Mais elle ne faisait que répéter en boucle les mêmes paroles énigmatiques.

Je consultai mes notes et lus à voix haute.

— *Il ne doit pas savoir, il ne doit pas trouver la clé, il ne doit pas se rappeler qui il est*, ou encore *De si longs jours, de si longues nuits. Seigneur reste près de moi. Ramène la paix dans mon cœur sombre et creux.* Rien de très cohérent, malheureusement.

Un long silence plana entre nous, témoin de la fatigue grandissante que nous éprouvions l'un et l'autre. Enfin, Thomas murmura, comme pour lui-même :

— Polly Jean Harvey.

Je n'étais pas sûr d'avoir bien compris. Il faisait toujours face au mur.

— Pardon?

Il se retourna et m'expliqua patiemment le déclic qu'il venait d'avoir.

— PJ Harvey. *The Dancer.* Ce qu'elle a dit lors des premiers extraits que vous m'avez fait écouter : *Il est venu, se rapprochant à vive allure, tel le Phénix surgissant des flammes. Il est venu, vêtu de noir, portant une croix gravée de mon nom. Il est venu, nimbé de lumière, de magnificence et de gloire. Il a dit : Danse pour moi fanciulla gentile, ris quelques temps, je peux faire vibrer ton cœur, vole avec moi, touche le visage du Dieu véritable, et pleure de joie devant la profondeur de mon amour,* et dans le second entretien lorsqu'elle parlait de *son amour pour lui qui perdurerait jusqu'à ce que les lits des rivières soient asséchés, qui ne saurait s'éteindre tant que le soleil continuerait à se lever dans le ciel azur.* Et ce qu'a rapporté l'infirmière : *De si longs jours, de si longues nuits. Seigneur reste près de moi cette nuit. Ramène la paix dans mon cœur sombre et creux.* Tout ça, c'est au mot près la traduction des paroles d'une chanson de PJ Harvey que Laura adore : *The Dancer*.[5]

Suite à cette révélation, il m'apparaissait évident que Laura avait construit l'histoire de cet amour impossible à partir des paroles d'une de ses chansons préférées. Je ne pus m'empêcher de ressentir à mon tour une certaine déception. N'avais-je pas quelque part moi aussi espéré percer un incroyable mystère ? Ne m'étais-je pas, tout comme mon patient, laissé gagner par le désir de trouver un sens profond, une sorte de vérité merveilleuse et universelle, dans les méandres de cet esprit torturé ? Nous étions tous deux comme des enfants à qui l'on vient de révéler le secret d'un tour de prestidigitation. Je chassai ces considérations puériles et me félicitait de la pleine réussite de cette dernière manœuvre. J'avais atteint mon objectif au-delà de mes espérances. La magie avait disparu pour de bon.

— Merci, Thomas. J'en ferais part au Dr Alves. Je pense que cela pourra lui être utile.

Il hocha tristement la tête, l'air peu convaincu, et revint s'assoir devant moi.

---

[5] *The Dancer* est le dernier titre de l'album *To Bring You My Love* de PJ Harvey, sorti en 1995 chez Island Records.

— Docteur, j'aimerais revenir sur cette histoire d'hypnose. Croyez-moi, j'ai très envie de me satisfaire de cette interprétation. Il est tout à fait possible que ce soit ce genre de méthodes qu'elle ait utilisé pour m'aider à dormir. Mais ça allait bien plus loin que ça. Ça n'explique pas comment elle a réussi à me persuader que quelque chose me voulait du mal en-dehors de l'appartement. Ça n'explique pas toute l'ampleur de son influence sur moi. On ne peut pas faire ça avec l'hypnose, n'est-ce pas ?

Pour s'approprier mes explications, Thomas avait besoin d'acquérir une compréhension exhaustive de ces dernières. Je devais lui donner les outils nécessaires qui lui permettraient de les examiner sous toutes les coutures avant de juger par lui-même, si oui ou non, il les trouvait plausibles. Il me fallait donc lui transmettre un certain nombre de connaissances dont il semblait pour le moment dépourvu. Et pour cela, j'allais devoir faire preuve de pédagogie.

— Je vois ce que vous voulez dire. En effet, l'hypnose en elle-même ne peut pas obliger une personne à se soumettre au désir d'une autre contre sa volonté. Mais elle peut être utilisée en combinaison avec d'autres outils pour orienter des comportements avec plus ou moins d'efficacité selon la suggestibilité et la coopération du sujet. Les avis sur la question ne sont pas parfaitement unanimes. Pour une partie des professionnels, à vrai dire, l'écrasante majorité, à laquelle j'appartiens, le sujet doit être pleinement consentant pour espérer obtenir un quelconque résultat. Mais certains affirment qu'on peut aller plus loin avec l'hypnose, quasiment jusqu'au lavage de cerveau. Les défenseurs de cette théorie prennent comme exemple la méthode *Pain-Drug-Hypnosis*, qui auraient été expérimentée par la CIA pendant la Guerre Froide. Elle permettrait de prendre le contrôle de l'esprit d'une personne pour la réduire à la servilité la plus totale. En réalité, comme le nom l'indique, il s'agit plus de torture que d'hypnose, et ceux qui soutiennent aujourd'hui l'existence et l'efficacité de telles pratiques ont la plupart du temps de fortes tendances conspirationnistes, ou bien sont affiliés à l'Église de Scientologie.

— Donc ça n'est pas possible.

— J'aimerais pouvoir vous donner une réponse aussi tranchée. Mais reprenons, je vous ai présenté d'une part le camp des « gens sérieux » dirons-nous, pour lesquels l'hypnose ne peut qu'aider une personne à réaliser ses propres désirs, et d'autre part, le camp des « illuminés » pour lesquels l'hypnose permet de faire faire n'importe quoi à n'importe qui. Dans ces conditions, il n'est pas difficile de choisir son camp. Mais les choses sont bien plus compliquées. Le nœud du problème est dans la difficulté à déterminer à partir de quel moment une personne agit contre sa volonté.

Laissez-moi vous donner un exemple. Si on vous ordonne de tuer votre meilleur ami, même plongé dans la transe hypnotique la plus profonde, vous n'obéirez jamais. L'ordre va à l'encontre de vos principes moraux, de vos sentiments. Il n'y a aucune question à se poser. Mais en va-t-il ainsi pour toutes nos décisions ? La plupart du temps, dans les choix les plus ordinaires de notre vie, ne sommes-nous pas partagés ? Vais-je prendre le bus ou bien marcher pour rentrer chez moi ? J'aime être confortablement installé à l'arrière du bus et laisser mes pensées divaguer, mais j'aime aussi profiter de la douceur du soir... et d'une façon ou d'une autre, il faut bien que je rentre chez moi. Mais que choisir ?

À présent, imaginer une voix douce et apaisante vous décrire les milles teintes mordorées du ciel crépusculaire, la tiédeur de la brise sur votre visage, cette sensation de liberté, de laisser tout le stress accumulé dans la journée derrière vous, à chacun de vos pas. Vous allez rentrer à pied. Imaginer que cette même voix vous parle au contraire du plaisir de laisser votre corps se délasser, tous vos muscles se relâcher, votre dos appuyé contre la banquette, votre front collé à la vitre fraîche, la ville qui défile sous vos yeux, et votre esprit qui vagabonde, s'apaise lentement, alors que, petit à petit, vous faites le vide. Vous allez attendre le bus.

Il ne s'agit pas de brutaliser l'esprit de l'autre, d'aller frontalement contre ses désirs, il s'agit de transformer ses désirs, puis, très progressivement, de faire en sorte qu'il s'approprie les vôtres.

Je lui laissai quelques instants pour digérer ces informations. Il attendit patiemment que je poursuive mon exposé.

— Une séance d'hypnose se compose en plusieurs étapes. La première, c'est le conditionnement. Le sujet doit se sentir en confiance, être rassuré à la fois sur la compétence de l'hypnotiseur et l'efficacité du processus. Ensuite, il y a la fixation, dont le but est de mobiliser toute l'attention du sujet sur un point précis, que l'on associe petit à petit au discours du thérapeute. C'est pour cela que je vous ai demandé de fixer un point au plafond. Mais la fixation peut être déclinée de multiples façons.

On entre ensuite dans la phase d'induction de la transe hypnotique à proprement parler, le plus souvent par la mise en place d'une relaxation très profonde qui permet au patient de quitter progressivement son état de conscience habituel. Une fois la transe bien installée, on passe en douceur vers la phase de suggestion. C'est là qu'on va pouvoir aider le patient à se débarrasser d'une mauvaise habitude, à chasser une douleur, ou à poursuivre tout autre objectif qu'il aura préalablement défini avec son thérapeute.

Lorsque l'on répète les séances, il est également possible de mettre en place ce qu'on appelle un ancrage. C'est-à-dire que, pendant la phase de suggestion, le sujet apprend qu'il peut retomber en transe instantanément par un mot ou un geste de l'hypnotiseur. L'induction est alors immédiate, et il est possible de passer très rapidement à la phase de suggestion. Ce que je viens de vous décrire, c'est la pratique classique de l'hypnose.

Ce qu'il faut bien comprendre, c'est que si les théories sur le contrôle mental utilisant la *Pain-Drug-Hypnosis* ont pu rencontrer un tel succès à l'époque, c'est justement parce qu'elles sont suffisamment vraisemblables pour respecter les différentes étapes de l'induction. La différence majeure est que, selon ces théories, l'hypnotiseur n'a pas besoin du consentement du sujet pour fixer son attention. Il lui suffit de provoquer un stimulus qui soit suffisamment douloureux.

Mon patient fronça les sourcils avec perplexité.
— Je ne vois pas le rapport. Laura ne m'a jamais torturé.

— La douleur infligée au sujet n'est pas obligatoirement physique. Une lourde peine affective, une terreur émotionnelle, le fait d'amener le sujet à visualiser la perte d'un être cher par exemple, à ressentir l'imminence d'un danger, peut entraîner un état de sidération tout à fait comparable à de la torture physique. Les défenseurs de cette théorie expliquent que le stimulus douloureux a pour but de paralyser le sujet, de figer sa pensée rationnelle en le plongeant dans une grande insécurité, en l'infantilisant, de sorte qu'il ne puisse considérer aucune option à part celle de s'en remettre entièrement à son interlocuteur. On lui fait alors prendre des drogues qui vont à la fois renforcer cet état de paralysie de la pensée et agir comme une récompense, en soulageant l'angoisse et la douleur précédemment infligées. Là encore, ces théories s'appuient sur une base rationnelle et scientifiquement démontrée, qui est celle du conditionnement pavlovien classique.

Arrivé à ce stade, le sujet est dans un état d'extrême suggestibilité. C'est là que l'hypnose joue réellement un rôle. Des suggestions habiles peuvent permettre, petit à petit, au fil des séances, d'ancrer certaines idées en profondeur : renforcer une dépendance affective, des désirs, des peurs. Plus les séances sont nombreuses et rapprochées, plus il est possible d'amener le sujet loin. Bien sûr, ce genre de pratiques va totalement à l'encontre de l'éthique professionnelle. Et compte-tenu du caractère anti-déontologique de ce type de démarches, elles n'ont jamais été étudiées scientifiquement. Il n'y a donc aucune preuve tangible concernant leur efficacité réelle. Mais cette dernière reste envisageable à mon sens, au moins en théorie.

Je remarquai alors combien mon patient était devenu livide, au point de me paraître presque transparent. Les lèvres closes, le regard absent, perdu entre l'horreur et l'incrédulité, il semblait visionner des images, peut-être revivre des souvenirs.

— Thomas, vous vous sentez bien ?

— Mais il y avait quelque chose... avant ma première séance avec elle. Son attitude étrange, son intrusion dans mon appartement. J'aurais dû anticiper. J'aurais dû réagir. Quelque chose d'autre m'a entraîné vers elle, m'a poussé à la croire. L'hypnose ne peut pas tout expliquer.

— Bien sûr que non.

— Alors quoi ?

Sa question était le reflet exact de la réflexion que j'avais eu un peu plus tôt. Il était clair que suite à la nuit qu'il avait passé chez Laura, Thomas avait pensé être sous l'emprise d'un envoûtement, et que c'était par le biais de cette conviction lentement acquise, qu'il avait été amené à glisser dans la folie de sa compagne. Elle-même semblait en effet convaincue d'être une sorcière et de posséder des pouvoirs surnaturels. Elle avait réussi à l'en convaincre également, et l'avait de cette façon placé sous l'influence d'un conditionnement très puissant. Mais de quelle façon cet homme intelligent, rationnel, cultivé, obsédé par le contrôle, avait-il pu se laisser entraîner dans un délire si invraisemblable, et avoir encore tant de mal à s'en détacher ?

Pour apporter une explication cohérente à ces questions, je dus faire appel à mes connaissances, ainsi qu'à certains éléments que mon patient ignorait encore. Enfin, je m'appliquai à conserver la posture qui me semblait être la seule raisonnable. J'agis comme j'avais toujours agi, tout au long de ma vie, c'est-à-dire, en m'accrochant désespérément à la théorie la plus rationnelle.

— Thomas, êtes-vous familier avec les techniques de manipulations mentales, celles qui s'appuient sur les biais cognitifs comme l'effet de Halo, la programmation neurolinguistique, ce genre de choses ?

— Vaguement.

— Elles partent toutes du constat qu'il est plus facile d'influencer directement un comportement par le biais de mécanismes cognitifs inconscients que par la persuasion directe. La théorie de l'engagement vous dit quelque chose ?

— Pas vraiment, non.

— De nombreuses études ont été réalisées sur ce sujet. Dans l'une d'entre elle, on demandait à des participants qui étaient contre la peine de mort de répondre à un questionnaire, dans lequel ils décrivaient à quels point ils étaient contre et pourquoi. Puis on leur demandait de rédiger un essai en faveur de la peine de mort. Enfin, ils devaient à nouveau remplir un questionnaire, qui était exactement le même que précédemment. Les résultats de l'étude montrent qu'une part importante des participants avait sensiblement changé d'opinion après avoir rédigé leur argumentaire en faveur de la peine de mort. Ils y étaient devenus moins défavorables. Cela met en évidence un phénomène parfaitement naturel auquel on se réfère par le terme de dissonance cognitive.

Lorsqu'une personne qui est contre la peine de mort doit trouver et construire des arguments en faveur de la peine de mort, cela crée un conflit interne chez elle. Cela fait naître une impulsion inconsciente qui va chercher à résoudre ce conflit en supprimant la division, quitte à modifier son point de vue, et ce, même dans une direction qui va *a priori* à l'encontre de ses propres convictions.

C'est un exemple qui n'a pas d'autre intérêt que celui d'être marquant. On se rend bien compte de ses limites en terme d'applications pratiques car l'effet reste très subtil : les personnes qui étaient très en défaveur sont un peu moins en défaveur, mais elles ne sont pas devenues favorables à la peine de mort pour autant. Ce mécanisme est cependant très important parce qu'il nous permet d'expliquer le succès de méthodes qui ont, quant à elles, largement fait leurs preuves en pratique et qui reposent sur la théorie de l'engagement.

Si on demande d'emblée à une personne que l'on ne connait pas de nous donner cinq euros, il est très probable qu'elle refuse et mette fin à la conversation. Mais imaginons qu'on arrive dans un premier temps à faire en sorte que cette personne accepte de nous prêter vingt cents, pour une raison quelconque. Elle ne voulait pas nous donner d'argent, mais un si petit service, comment pouvait-elle refuser ? Elle l'a fait parce que les contraintes sociales lui imposaient de le faire. Nous observons alors qu'indépendamment de la pertinence de la raison que nous lui avons donnée, le sujet va se convaincre qu'il s'agit d'une bonne raison, et cela uniquement pour résoudre son conflit interne. Dès lors, si le sujet avait une bonne raison de nous prêter vingt cents, pourquoi ne pas accepter de nous prêter cinquante cents de plus ? Un euro ? Et après plusieurs minutes de conversation, cinq euros ? On appelle aussi cette méthode « le pied dans la porte ».

Laura ne s'est pas introduite chez vous de but en blanc. Elle vous a d'abord demandé votre avis d'expert, ce que vous ne pouviez pas lui refuser, puis l'accès à certains de vos documents. Quel mal y avait-il à cela ? Elle s'est ensuite arrangée pour que vous-même l'invitiez à rentrer chez vous à une heure qui n'est habituellement pas propice à recevoir des inconnus. Elle a instauré une intimité entre vous. Après toutes ces étapes, seulement, elle est rentrée chez vous à votre insu.

Concernant votre appropriation de ses croyances, la démarche est la même. Au cours de votre première soirée chez Laura vous avez accepté de participer à une séance de méditation conjointe dans le but de vous reconnecter avec votre moi antérieur alors même que vous ne croyez pas en la réincarnation. Cela a créé un précédent. Le fait de vous être livré à cette expérience malgré votre scepticisme serait revenu, dans l'exemple précédent, à rédiger votre essai en faveur de la peine de mort. Cela vous a inconsciemment prédisposé à être plus réceptif à ses croyances surnaturelles. Et par la suite, vous aviez déjà accepté la première séance, pour quoi refuser la deuxième ? Théorie de l'engagement.

À cela s'ajoute, et c'est très important, un renforcement positif très puissant. Vous souffrez d'insomnie. Elle vous a permis de vous reposer. Vous avez agi comme elle vous le demandait et votre comportement a été extrêmement bien récompensé. Vous vouliez à nouveau obtenir cette récompense, alors vous avez reproduit le même comportement. Ces méthodes sont excessivement simples, mais terriblement efficaces.

— Je ne peux pas imaginer que Laura se soit servie de moi de cette façon.

— Peut-être ne l'a-t-elle pas fait de façon délibérée ?

— Ce que je veux dire c'est que j'ai du mal à imaginer qu'elle en ait été capable. Il faudrait déjà qu'elle ait eu connaissance de ces méthodes, et qu'elle sache s'en servir, même si ça n'était pas totalement prémédité de ça part... Je n'y crois pas, désolé.

Il semblait parfaitement sûr de lui, certain de bien connaître la femme avec laquelle il avait vécu. Je devais le détromper. Le moment était enfin venu d'abattre ma dernière carte.

— Thomas, que savez-vous de la profession qu'exerçait Laura ?

— Je n'ai jamais eu très envie de réfléchir à ses activités professionnelles.

— Je ne vous parle pas de ses supposées activités de prostitution. Je parle de son métier, dans sa vie d'avant, si on peut dire les choses ainsi, sa vie d'avant l'accident de voiture dans lequel elle a perdu sa famille.

— Non, je n'en ai aucune idée. J'imagine un emploi quelconque, probablement peu qualifié. Je ne m'y suis jamais intéressé. Est-ce que ça fait de moi un connard, Docteur ?

Le sarcasme traduisait un profond malaise. Il avait peur, à nouveau, de ce que je m'apprêtais à lui révéler. Je le fixai droit dans les yeux, lui laissant le temps de se préparer à encaisser la vérité.

— Laura était chercheuse, comme vous.

Il resta interdit un instant, le souffle coupé, comme s'il croyait avoir mal entendu, avant de se reprendre.

— Dans quel domaine ?

— Neurosciences et psychologie cognitive.

— Non.

J'allais développer mais il m'arrêta d'un signe de main. Il lui fallait un peu de temps pour digérer l'information. Il restait stupéfait, la bouche entre-ouverte, cherchant parmi ses pensées confuses un moyen de me contredire. À la fin, il ne parvint qu'à bredouiller d'un air absent.

— Je ne peux pas croire que j'ai pu être aussi con.

Réalisant avec quelle violence ce que je venais de lui confier remettait en question tout ce qu'il pensait savoir de son ex-compagne, je tentai d'adoucir un peu mon propos.

— Attendez, Thomas, ça ne prouve rien. Moi-même j'ai connaissance de nombreuses techniques de ce genre et ce n'est pas pour autant que je les utilise à mes fins. Ces méthodes de manipulation mentale ne sont un secret pour personne. Elles ont été très bien étudiées et décrites dans la littérature scientifique. Certaines sont même fréquemment utilisées dans la vente, le marketing, le management, ou encore en politique. Je ne dis pas qu'elle se servait de ces techniques sur vous. Ce que je dis, c'est que ces techniques ne pouvaient pas être étrangères à Laura, et que, compte-tenu de son bagage scientifique, elle avait largement les compétences nécessaires pour les utiliser.

— Je ne peux pas croire ça. Je ne peux pas.

Sa persistance dans le déni ne me laissait malheureusement pas d'autres choix que celui de le mettre face à la réalité. Et j'avais emmené avec moi une preuve irréfutable de ce que j'avançais.

— Thomas, tout ce que je viens de vous expliquer, sur l'hypnose, les biais cognitifs, ce type de méthodes, vous pourrez le retrouver dans ce livre.

201

Je lui tendis alors l'ouvrage que je m'étais procuré avant notre entretien. Mon patient s'en saisit et le fixa de longues secondes sans comprendre, puis le retourna. Lorsque ses yeux heurtèrent la quatrième de couverture, je crus un instant qu'il allait renvoyer son précédent repas. Au lieu de cela, il serra le livre un peu plus fort dans ses mains, fixant avec une admiration mêlée d'horreur la photographie et la courte biographie de Laura. Face à moi, le titre de l'essai s'étalait en gros caractères « Manipulations mentales : mieux les connaître pour mieux s'en protéger ».

De longues secondes s'écoulèrent, pendant lesquelles son visage décomposé resta parfaitement figé, puis il reposa l'ouvrage sur la table, et le repoussa vers moi du bout des doigts, avec une moue de dégoût.

— Rangez ça.

Je lui laissais quelques instants pour reprendre ses esprits, luttant contre l'impatience qui me poussait à lui extorquer les réponses que j'espérais obtenir depuis le début de notre entretien.

— Est-ce que ce que je vous ai décrit trouve un écho dans ce que vous avez vécu avec Laura ? Pensez-vous que cela puisse expliquer pourquoi vous n'avez pas pu quitter l'appartement pendant tout ce temps ?

Il leva lentement les yeux vers moi, mais son regard sembla me traverser, et s'échapper au-delà des murs de sa cellule, comme si ce qui l'entourait ne lui paraissait pas réel. Il détacha les mots avec circonspection, d'une voix atone.

— Chaque fois que je n'allais pas dans son sens, ça se passait toujours pareil. D'abord, il y avait le chantage au suicide déguisé, la menace de me quitter. C'était la douleur qui entraînait la sidération, la fixation. Puis elle me préparait une tisane. Nous nous réconcilions, nous avions une longue discussion, puis j'acceptais une séance de relaxation. C'était l'induction. Après cela je prenais la décision d'appeler pour dire que je n'irais pas au travail, je lui promettais de rester avec elle, sous l'influence de ses suggestions. Puis, une fois que c'était fait, elle s'offrait à moi. Elle s'agenouillait et embrassait ma main. Elle promettait de ne jamais m'abandonner. C'était la récompense. C'est comme ça qu'elle s'y est prise. Comme ça qu'elle m'a gardé enfermé avec elle tout ce temps. Seigneur...

Il ferma les yeux, cachant à nouveau la détresse qu'exprimait son visage derrière ses mains moites et tremblantes. Je continuai pour lui.

— La fixation est devenue un automatisme pour vous. Chaque fois que vous vous trouviez en situation conditionnée, lorsque Laura vous proposait une séance de relaxation, ou lorsque vous pensiez à ces séances, vous vous mettiez automatiquement à fixer votre attention sur un point devant vous. J'ai pu le constater au cours de cet entretien. Avec la répétition des séances, la relaxation devait être chaque fois plus profonde, et se mettre en place de plus en plus rapidement. L'état de transe était donc à chaque fois plus facile à atteindre. J'imagine qu'elle a aussi pu mettre en place plusieurs ancrages.

Ses épaules furent secouées par de violents soubresauts. Il expira longuement pour se ressaisir avant d'émerger à nouveau et de me répondre.

— Oui, un certain nombre...

J'étais partagé entre la compassion et la satisfaction de voir mes hypothèses enfin confirmées.

— Vous sentez-vous la force de me parler de ces ancrages ?

— Je crois que ça en était un... quand elle passait sa main dans mes cheveux, et qu'elle disait « juste toi et moi ». Je crois que c'était l'ancrage pour induire la transe.

J'appuyais son regard pour l'encourager, tout en contemplant sa face blême marquée par les larmes. Il s'efforça de poursuivre tant bien que mal, malgré sa voix douloureusement étranglée par moment.

— Lorsque j'essayais de sortir, elle posait deux doigts sur mon torse. Celui-là, ça devait être pour déclencher la peur de sortir. Si j'insistais malgré tout, elle me disait de rester tranquille. C'était l'ancrage pour la crise d'angoisse. Parfois aussi, elle posait sa main contre ma joue et murmurait mon prénom. Je...

Il ferma les yeux et plaqua une main sur sa bouche. Il la retira à peine une seconde plus tard, pourtant l'air semblait lui manquer. Il articula difficilement.

— Je suis désolé. Je ne peux pas. Je ne suis pas prêt.

— Ça ne fait rien. C'est très bien, Thomas. Vous avez déjà fait preuve de beaucoup de courage pour affronter tout cela dès aujourd'hui.

Il déglutit avec difficulté.

— Si j'ai bien compris ce que vous m'avez dit, si ça a marché, c'est forcément qu'une partie de moi était d'accord pour tout ça, je veux dire... Je n'ai pas su m'opposer à elle. Je l'ai laissée faire. C'est ma faute.

— Non, pas du tout, vous n'avez rien à vous reprocher sur ce point. Vous étiez pris au piège, Thomas.

— Mais je n'avais pas du tout le sentiment d'être pris au piège. Encore aujourd'hui... J'étais bien. J'étais heureux avec elle. Docteur...

Il frotta sa main droite à plat sur la table et me fixa d'un air résolu. Puis il inspira à plein poumons, tremblant de tous ses membres.

— Je vous ai menti... Enfin, je ne vous ai pas tout dit. Quand Robert est venu frapper à la porte de notre appartement samedi dernier, ce n'est pas du soulagement que j'ai éprouvé. J'étais terrorisé. C'est moi qui ai entendu que la police était avec lui. C'est moi qui l'ai dit à Laura. Je savais que dès l'instant où ils l'emmèneraient, je serais complètement seul à nouveau. J'avais peur. Je l'ai *suppliée* de ne pas les laisser rentrer, de ne pas les laisser nous séparer. Si je n'avais pas dit ça elle n'aurait jamais agressé ce policier, et elle ne se serait jamais faite tirer dessus. Je ne voulais pas qu'on me trouve. Vous comprenez ? J'aurais donné n'importe quoi pour qu'on m'accorde ne serait-ce qu'un jour de plus avec elle. N'importe quoi. Tout est de ma faute.

Cette fois, il explosa en larmes et s'écroula sur la table, à peine capable de retrouver son souffle.

— Je suis tellement désolé, Docteur. C'est ma faute. Je suis désolé... Laura...

— Ça va aller, Thomas, vous n'êtes pas seul...

Ma tentative pour le consoler échoua lamentablement. Alors que le bruit de ses pleurs recouvrait mes mots, je ne pus m'empêcher d'éprouver un profond sentiment de pitié envers cet homme. Tout au long de notre entretien, il s'était évertué à garder une contenance digne voire même féroce par moment. Mais alors, j'avais probablement devant moi l'être le plus pathétique qu'il m'eut jamais été donné de voir. Cette vision m'était pénible. Je ressentais le besoin urgent de m'extirper de la psyché de cet individu. Par ailleurs, j'étais désormais certain d'avoir tiré de cet entretien tout ce qu'il était possible d'en tirer. Je remettais au second plan l'hypothèse, pourtant si séduisante, de folie à deux. Les conclusions auxquelles j'avais abouti concernant leurs rapports correspondaient en tout point avec les divers témoignages et les preuves matérielles qui avaient pu être rassemblées. Et ses derniers aveux confirmaient l'hypothèse de la manipulation mentale.

J'avais aidé mon patient à distinguer ses fantasmes des faits et à reprendre contact avec la réalité. Pour accepter la vérité, il allait avoir besoin de temps et de soutien. Mais ce n'était pas à moi de les lui apporter. Ma tâche était accomplie. Je coupai l'enregistrement audio, rangeai mes affaires, et appelai le surveillant par l'interphone. Lorsque ce dernier vint m'ouvrir, je posai une main compatissante sur l'épaule de Thomas pour lui signifier mon départ, et je m'échappai enfin de la cellule exiguë. Le soulagement que je ressentis alors fut tel qu'il serait malhonnête de le taire. Je lui jetai un dernier regard, puis me hâtai de l'abandonner à ses quatre murs pour remonter le couloir, tandis que, derrière moi, le son de ses pleurs me parvenait encore.

Sortie

En rejoignant ma voiture sur le parking de la prison, déjà honteux d'avoir été si pressé d'en finir, je vis un autre véhicule se garer. Je reconnus Robert Ménard derrière le volant. Sur le siège passager, je remarquai un homme de couleur à la stature impressionnante et qui semblait d'un certain âge, bien qu'il me fût impossible de l'estimer. Lorsqu'il sortit de la voiture, il posa immédiatement un regard bienveillant sur moi et me salua d'un signe de tête. Étant certain qu'il ne pouvait s'agir que du Père Joseph Guèye, je résolus d'aller à leur rencontre. Il n'était bien sûr pas question pour moi de leur livrer de quelconques détails concernant mon entretien avec Thomas, mais je souhaitais saisir cette occasion inespérée d'en apprendre davantage sur mon patient. Car il est bien connu qu'échanger quelques mots face à face avec une personne peut parfois vous en apprendre beaucoup plus qu'un dossier d'enquête de trente pages.

En approchant, je captai une bribe de leur conversation que je n'aurais probablement pas dû entendre. Robert Ménard demandait au Père Joseph si *Marion* avait bien eu leur message. Je m'étonnai que ce soit Robert qui pose cette question au Père Joseph et non l'inverse. Les voir tous les deux réunis était déjà étrange. Ils n'avaient pas l'air de s'être rencontrés récemment comme deux proches d'une tierce personne venant lui apporter leur soutien. Ils avaient l'air de bien se connaître, et le fait qu'il mentionne ainsi l'ex-compagne de Thomas, comme s'ils la connaissaient tout aussi bien, alors même que Joseph était censé ne l'avoir jamais rencontrée, me parut tout aussi étrange.

Robert me jeta un regard suspicieux tandis que le Père Joseph m'accueillit avec un large sourire. Lorsque je me présentai, son sourire s'atténua pour faire place à un air grave. Le meilleur ami de Thomas changea lui aussi totalement d'expression et s'empressa de me serrer la main. Je leur dis simplement que leur soutien serait précieux pour Thomas et que j'étais heureux de voir qu'il pouvait compter sur eux. Ils acquiescèrent sans dire un mot, presque d'un même mouvement. Puis le Père Joseph invita Robert à le devancer, expliquant qu'il désirait discuter un instant avec moi. Dès que Robert fut parti, il m'interrogea sur mon entretien avec Thomas. Il voulut savoir ce que *je* lui avais dit. Je lui répondis que je ne pouvais rien lui révéler. Il s'excusa immédiatement de s'être montré si curieux et approuva ma retenue, tout en posant sa main sur mon bras, me dominant de sa haute stature. Sa seconde question me prit également de court. Il me demanda si j'avais eu des nouvelles de *cette chère Laura*. Pas de Mme Tarroux, pas de la femme qui avait impliqué celui qu'il considérait comme son fils dans une affaire de double meurtre avec préméditation. Non. *De cette chère Laura*. Je réalisai alors, face à toute la tendresse qui habitait sa voix en prononçant ce nom, combien elle en avait été dépourvue lorsqu'il avait voulu savoir de quoi *Thomas* et moi avions parlé. Je l'informai que Laura avait été placée dans un établissement spécialisé, où elle était entre de bonnes mains. Il eut un triste hochement de tête.

Gêné par ses réactions étranges, je tentai de combler le silence en regrettant ce terrible coup du sort qui avait entraîné la mort de deux jeunes hommes innocents. Il me considéra un moment et plissa légèrement les yeux, accentuant la profondeur des rides qui les entouraient. Pour la deuxième fois en moins d'une minute, je me sentis ridicule devant ce sage immense. Lorsqu'il me scruta à nouveau, j'eus la sensation glaçante qu'il sondait mon âme. Puis il me livra ces quelques phrases qui devaient rester gravées à jamais dans ma mémoire : « Regrettable, oui. Daniel et Elemiah s'étaient égarés. Ils contestaient nos méthodes. Pas assez interventionnistes selon eux. Ils se sont détachés de nous. L'arrogance de la jeunesse. Ils voulaient tout lui dire. Laura... Le monde ne le saura jamais, mais nous lui devons beaucoup. Enfin, il était quand même grand temps que ces deux-là soient séparés. Nous sommes passés près, Docteur Kurylewicz, très près. Thomas et Laura ne doivent plus jamais être ensemble. Ils ne doivent plus échanger un seul mot. Nous avons eu de la chance cette fois-ci. La prochaine fois, nous n'en aurons peut-être pas autant. C'est très important, Docteur. Ils ne doivent plus jamais se voir».

Il m'asséna alors ce qu'il devait considérer comme une tape amicale dans le dos mais qui s'apparenta davantage pour moi à une tentative de manœuvre de Heimlich. Puis il m'adressa un salut de tête respectueux, avant de reprendre le chemin de la prison, sans plus un mot. Je le regardai s'éloigner, passer au poste visiteur puis rentrer enfin dans le bâtiment administratif de la prison. Ce ne fut que lorsqu'il disparut totalement de mon champ de vision que je revins un peu à moi. Je restai planté là de longues minutes, méditant sur les paroles que je venais d'entendre. D'où connaissait-il le nom des victimes ? À qui ce « nous » faisait-il référence ? Une organisation secrète, une secte, dont lui, Robert et même peut-être Marion auraient fait partie ? Que Daniel et Elemiah auraient quitté ? Qu'auraient-ils pu chercher à révéler à Thomas ?

Je rentrai machinalement dans ma voiture et mis le contact, puis frissonnai alors que les mots de Laura Tarroux me revenaient à l'esprit, comme en écho à ceux du Père Joseph. *Il ne doit pas savoir, il ne doit pas trouver la clé, il ne doit pas se rappeler qui il est. Son nom est la clé.* Le souvenir de la voix dans les ténèbres s'imposa alors à moi. *Docteur, si j'avais retrouvé mon nom, nous ne serions pas en train d'avoir cette conversation.* Je revis l'inquiétude dans le regard du moine me demandant ce que j'avais dit à Thomas. Paralysé par l'horreur, je dus faire appel à toute ma volonté pour reprendre le contrôle de mes pensées, chasser ces interrogations fantasmagoriques, et démarrer le moteur. J'étais trop fatigué pour faire le tri entre toutes ces hypothèses invraisemblables, et je me persuadai qu'il me faudrait les reprendre plus tard, à tête reposée, pour tenter d'y voir plus clair. Mais en vérité, je les chassai déjà de mon esprit. Tandis que je m'éloignais, j'éprouvai le soulagement de laisser cette affaire derrière moi, et lorsque la prison disparut enfin de mon rétroviseur, je ne pus retenir un sourire.

J'entamai la rédaction de mon rapport d'expertise dès le lendemain. Compte-tenu de ce qui s'était passé pendant la séance d'hypnose, je ne pouvais pas exclure définitivement l'idée que Thomas soit atteint de trouble schizophrénique. Il était trop tôt pour le dire et seule l'évolution de son état pourrait permettre de conclure. Il semblait donc évident qu'il devait bénéficier d'un suivi psychiatrique, dès à présent, et ce jusqu'à ce qu'un diagnostic de certitude puisse être établi. Ses troubles du sommeil, qui jouaient à mon sens un rôle fondamental dans la survenue de sa fragilité psychologique, devaient également être sérieusement pris en charge. Je recommandai donc qu'un bilan neurologique complet soit effectué afin d'en déterminer l'origine, ainsi qu'un dosage de mélatonine, et une analyse par polysomnographie. Quant à la dangerosité du patient, je l'estimai faible à nulle, sous réserve qu'il soit régulièrement suivi et qu'il se conforme aux prescriptions thérapeutiques qui lui seraient faites.

Plus tard, la contre-expertise demandée par l'avocat de Laura Tarroux viendrait, à mon grand soulagement, confirmer mes propres conclusions. Mon confrère se montrait encore plus optimiste que moi. Il n'écartait pas non plus l'idée que Thomas ait pu souffrir de troubles psychotiques induits, mais affirmait qu'il avait retrouvé la pleine maîtrise de lui-même ainsi qu'une totale rationalité. Par ailleurs, il n'avait détecté chez lui aucune tendance perverse ou manipulatrice. Tout comme moi, il lui attribuait un rôle passif dans sa relation avec son ex-compagne, et allait même jusqu'à déclarer qu'il avait été victime d'abus sur le plan psychologique. Il l'estimait capable d'agressivité, c'est-à-dire d'intention agressive sans acte agressif, mais pas de violence physique à proprement parler.

Moins de deux semaines après notre entretien, le jury acquitta Thomas Jean avec sept voix sur neuf. Les témoignages de Joseph Guèye, qui lui fournissait un alibi solide, et de Robert Ménard, qui ne tarissait pas d'éloges sur la personnalité de l'accusé, ainsi que l'absence de preuves matérielles à son encontre, les aveux complets de Laura Tarroux, et mon expertise psychiatrique, jouèrent en sa faveur. Il fut donc reconnu innocent de toutes les charges qui avaient été retenues contre lui, avec la simple obligation de rester à disposition des autorités jusqu'à la fin du procès de Laura, et de se conformer aux recommandations médicales dont il faisait l'objet.

Le procès de cette dernière ne fut guère plus riche en rebondissements. Thomas témoigna en premier. Il répéta ce qu'il avait dit aux enquêteurs, puis à moi, en essayant de paraître le plus factuel et le plus neutre possible. Lorsque le Président de la Cour d'Assises l'interrogea sur le mobile de Laura, il soutint à nouveau la thèse de la légitime défense. Mais il ne parvint pas à convaincre les jurés, et l'expertise médico-légale acheva de les persuader qu'il y avait bien eu préméditation.

J'étais présent alors et garde encore aujourd'hui en tête le souvenir de mon patient, qui ayant délivré son témoignage, retournait prendre sa place dans l'assistance, entre le Père Joseph et Robert Ménard. Sortant une main de sa poche, il avait alors, comme par mégarde, fait tomber de celle-ci une minuscule fleur sauvage. Regardant autour de moi, j'eus l'impression que personne d'autre n'avait accordé la moindre attention à cet événement, en apparence insignifiant. Mais je fus détrompé lorsque mon regard se posa sur Laura Tarroux. Sur son visage, un sourire complice était venu fissurer le masque impassible qu'elle portait depuis le début du débat.

La brillante intervention du Dr Alves fut la seule susceptible de remettre en cause la planification des meurtres par l'accusée. Maria-Angelica revenait avec insistance sur l'implication de Thomas dans ces crimes et affirmait que la dominance de Laura au sein de leur couple était loin d'être une évidence. Mais Thomas avait déjà été jugé et acquitté. Ses remarques lui valurent donc un avertissement de la part du Président, et elle dut se borner à répondre aux questions qu'on lui posait. Les familles des victimes furent interrogées à leur tour mais personne ne fit mention de l'appartenance présumée de Daniel et Elemiah à un quelconque groupement sectaire. Sans doute n'avait-il pas été possible de récupérer la moindre preuve à ce sujet.

Le jury reconnut Laura comme pénalement responsable, et la condamna à l'unanimité à une peine ferme de trente-cinq ans d'emprisonnement. Elle serait hospitalisée d'office en tant que détenue au sein d'un établissement psychiatrique. Si toutefois elle était un jour jugée apte à en sortir, ce serait donc, si les trente-cinq ans n'étaient pas encore écoulés, pour finir de purger sa peine en prison. L'énoncé du verdict ne provoqua pas plus de réaction chez Laura que le reste du procès. Aucun de ses proches n'était présent. Cette femme ne serait plus jamais libre, mais dans l'assistance, personne ne semblait éprouver la moindre compassion à son égard, pas même le Père Joseph, qui s'était pourtant montré si inquiet pour elle lors de notre rencontre à la maison d'arrêt. Personne, sauf Thomas. Il gardait la tête baissée, je ne pus donc pas voir son visage. Mais son meilleur ami tenait fermement son épaule gauche, tandis qu'à sa droite, le Père Joseph serrait sa main dans les siennes, tous deux portant sur leurs traits le reflet d'une douleur que je savais être celle de mon patient.

En sortant de la Cour d'Assises, j'échangeai quelques mots avec Maria-Angelica, alors d'une humeur massacrante. Cette affaire lui tenait visiblement très à cœur. Elle avait d'ailleurs résolu de prendre en charge Laura au sein de son service. Elle n'avait jamais remis en cause sa culpabilité concernant les meurtres mais restait persuadée qu'elle n'avait pas agi seule. À ses yeux, la Justice avait mal fait son travail, et j'en étais en partie responsable. Avant de me quitter, elle m'avait lancé d'un ton assassin : « Toujours plus commode de brûler la sorcière, n'est-ce pas, Richard ? ». Je fus désolé de voir à quel point tout cette histoire l'avait atteinte, mais cela ne m'affecta pas davantage. Si seulement je l'avais écoutée, les choses auraient pu se passer différemment. Mais je ne devais reprendre contact avec Maria-Angelica que plusieurs mois après cela, et il serait hélas déjà trop tard.

Bien que je n'en aie rapporté ici que les grandes lignes, il me semble important de préciser que j'avais suivi avec assiduité tout le déroulement des procès de Thomas Jean et de Laura Tarroux, et ce en raison de préoccupations bien plus personnelles que professionnelles. Pendant toute la fin de la semaine suivant l'évaluation psychiatrique de mon patient à la maison d'arrêt des Hauts de Seine, la menace annoncée qui pesait sur la vie de mon fils m'obséda, si bien que je résolus finalement de lui interdire d'aller à sa compétition de basketball. Je suivis à la lettre la *prédiction* de Thomas et emmenait Paul à Disneyland avec sa sœur. Il me détesta, effectivement, et je passai la journée à me trouver stupide d'avoir agi de façon si irrationnelle, sous le coup de la peur. Je ne croyais pas aux prémonitions. J'étais absolument certain que mon patient n'avait jamais possédé le moindre don de ce genre, et pourtant, il m'avait été impossible de prendre le risque d'ignorer son avertissement.

Cette première concession faite aux croyances occultes se révéla l'action la plus inspirée jamais réalisée de toute ma vie. Car le bus eut effectivement un accident avec un poids lourd. Paul étant malade dans les transports, il s'installait d'ordinaire à l'avant du bus avec un de ses amis. Par chance, Paul étant absent, toute l'équipe s'était agglutinée dans le fond du bus et aucun enfant ne fut gravement blessé. Mais leur entraîneur ainsi que le chauffeur du bus perdirent la vie ce jour-là. Depuis, les mots de Thomas me reviennent en tête régulièrement. *Je suis comme vous, je ne crois pas à ces choses-là, mais lorsqu'on les vit, c'est différent. Il ne s'est jamais rien passé dans votre vie qui vous ait fait douter, ne serait-ce qu'un instant ?*

Alors que j'achève cette rétrospective, ayant tout juste relu mon introduction, je réalise que je n'ai pas trouvé davantage de réponses à mes interrogations concernant les faits. Laura Tarroux a bien tué de ses mains Daniel Ansart et Elemiah Gremillet. Thomas Jean n'a pas été complice de ces meurtres et n'en savait rien jusqu'à ce que la police les lui annonce. Il n'a pas poussé Laura Tarroux à avouer ses crimes. Il ne l'a pas violentée contre son gré. Il n'a jamais cherché à lui faire le moindre mal.

Mais il est temps, à présent, d'exposer enfin les faits qui sont, pour moi, les plus douloureux dans toute cette affaire, ceux qui m'empêchent de dormir la nuit. Ce premier événement extraordinaire qui s'était produit avec mon fils aurait dû me mettre en garde. S'*il* avait dit juste pour l'accident, ne fallait-il pas prendre au sérieux ses menaces concernant Maria-Angelica ? Plusieurs fois, j'eus l'idée de lui téléphoner mais je ne parvenais jamais à m'y résoudre. Elle me méprisait déjà, fallait-il en plus qu'elle me prenne pour un fou ?

Ce fut elle qui me donna des nouvelles. Elle me téléphona vers la mi-septembre pour m'apprendre qu'elle avait refusé la première demande de visite de Thomas Jean au début du mois de juin, et qu'elle venait de refuser la seconde. Elle me disait qu'elle avait également reçu le Père Joseph, et sans m'en dire plus, me laissait entendre que cette visite lui avait fait une forte impression.

De mon côté, je lui appris que Thomas s'était remis en couple avec Marion, que cette dernière était enceinte et qu'ils projetaient de se marier prochainement. Il avait été très rigoureux concernant son suivi médical, continuait à voir un psychanalyste chaque semaine, et ne souffrait plus d'insomnie. Mais Maria-Angelica restait catégorique. Il ne devait jamais revoir Laura. Ses propos me rappelèrent ceux du Père Joseph. Elle parlait avec une précipitation et une nervosité qui ne lui ressemblaient pas. Lorsque je lui fis part de mon inquiétude la concernant, elle me répondit qu'elle avait de plus en plus de mal à trouver le sommeil. Après quelques minutes de conversation, elle m'avoua enfin qu'au mois de juin, quelques jours après avoir refusé son droit de visite à Thomas, elle s'était mise à faire des cauchemars atroces, et que, depuis qu'elle avait refusé pour la deuxième fois, ceux-ci s'étaient faits de plus en plus fréquents.

Je lui demandai de me raconter le contenu de ses cauchemars mais elle refusa de rentrer dans les détails. Elle évoqua des images effrayantes de mort et de fin du monde sans m'en dire davantage. Je repensai aux rêves que Thomas m'avait décrits mais n'osait pas lui en parler directement. Je la mettais néanmoins en garde contre sa patiente et lui recommandai de prendre ses distances, mais elle n'apprécia pas ma suggestion. Elle me signifia que je ne comprenais rien à rien et me raccrocha au nez.

Suite à ce coup de fil, je me surpris à me poser d'étranges questions, que je repoussai bien vite tant je les considérais comme ridicules. Laura était-elle bien une sorcière ? S'en prenait-elle à Maria-Angelica maintenant que Thomas était hors de sa portée ? J'imaginais que le Père Joseph avait dû lui tenir un discours similaire à celui qu'il m'avait adressé. Maria étant elle-même catholique, peut-être avait-elle été plus sensible à ses propos. Peut-être même ces derniers avaient-ils causé la survenue de ses cauchemars ?

Mais l'incident d'autobus datait de plus de six mois, et mon intérêt pour l'affaire avait grandement diminué. Je ne prenais de nouvelles de mon ancien patient qu'à l'occasion, par son psychanalyste, qui se trouvait être un ami de ma femme. Ainsi, j'oubliais bien vite les tourments de ma consœur pour revenir à mes préoccupations quotidiennes.

Je n'obtins des nouvelles du Dr Alves que lorsque son époux m'appela à son tour, au matin du mercredi 2 novembre, pour m'informer qu'elle s'était donnée la mort en se taillant les veines dans leur salle de bain. J'appris lors de la cérémonie funéraire que les incisions pratiquées par Maria-Angelica à ses poignets étaient en forme de croix. Son frère, qui me fit part de ce détail, voyait là une tentative de Maria d'atténuer la nature criminelle de son geste, car dans le catholicisme, le suicide est un des pires pêchés qui soit. Quant à moi, je tremblais d'y voir une mesure désespérée pour exorciser le mal qui s'était emparée d'elle.

En rentrant des funérailles, je réécoutai l'enregistrement audio de l'entretien entre Laura et sa thérapeute. Je remarquai à nouveau cette indiscutable chaleur dans leur voix lorsqu'elles s'adressaient l'une à l'autre. Il m'apparaissait désormais que Maria-Angelica avait confiance en Laura. Elle n'aurait pas pu se tromper à ce point sur sa patiente. J'acquis la ferme conviction que quel que fût ce qui avait poussé le Dr Alves à se donner la mort, Laura Tarroux n'en était pas responsable.

Le mois dernier, l'éminent Dr Denis Schipman a été désigné comme successeur de ma consœur, à la tête du service dans lequel Laura est toujours hospitalisée. Il prendra ses fonctions dans une quinzaine de jours, et je ne doute pas qu'une nouvelle demande de droit de visite lui sera adressée dans les plus brefs délais, suite à sa prise de poste. Il n'y a plus de temps à perdre. Dès demain, je lui enverrai une lettre accompagnée d'une copie de ce mémoire. J'ai bien conscience que je risque de perdre à jamais toute crédibilité aux yeux de mes confrères, mais à présent, c'est le dernier de mes soucis. Je le dois aux générations futures. Je le dois à Maria-Angelica.

Souvent, je repense aux paroles de Thomas à propos des certitudes. *C'est très rare les certitudes dans la vie, et on n'obtient jamais celles qu'on convoite. On hérite de celles qui nous tombent dessus. Je ne pourrai jamais affirmer avec certitude qui a creusé* La Tombe, *comme vous ne pourrez peut-être jamais affirmer avec certitude que je suis innocent.*

Il avait raison. Je ne comprendrais probablement jamais ce qui s'est passé. Y a-t-il jamais eu une organisation secrète, héritière de l'Ordre dont parlait Laura, chargée d'empêcher l'apocalypse ? Qu'est-ce que Daniel Ansart et Elemiah Gremillet cherchaient à faire ? Ont-ils tenté de renvoyer le démon en enfer ? Quels rôles ont joué Joseph Guèye, Robert Ménard et Marion Neumann dans cette affaire ? Appartiennent-ils vraiment à la même secte que les victimes ? Ont-ils prévenu Laura du projet des deux jeunes hommes ?

Chaque fois, toutes ces questions me ramènent à une unique énigme, me ramènent à Laura Tarroux. Et je me fige d'horreur à l'idée d'avoir commis la plus grosse erreur de toute ma carrière, et plus que cela, une faute, en n'ayant pas envisagé un seul instant une dernière possibilité. Et si Laura n'avait jamais perdu la raison ? Si c'était elle qui, dans toute cette histoire, avait agi avec le plus de pragmatisme ? Qui avait fait preuve de la plus grande force d'esprit ? J'ignore si elle voyait ses vies antérieures, si elle avait effectivement certains pouvoirs. Seule la question du mobile m'importe réellement. A-t-elle commis ces meurtres pour empêcher que soit brisé le talisman qui protège son amant, en même temps qu'il le réduit à l'impuissance ? Et si c'est le cas, nous a-t-elle tous sauvés ou bien condamnés ?

J'imagine que je ne pourrais pas non plus trouver de réponses aux questions qu'il me reste au sujet de mon entretien avec Thomas. Que s'est-il réellement passé au cours de cette séance d'hypnose ? Ai-je été victime de manipulation à mon tour ? Il existe un biais cognitif, que l'on appelle la loi de la fin ou de l'apogée, qui veut qu'on garde en souvenir, comme impression générale d'un événement, non pas une synthèse globale de cet événement, mais l'impression qu'il nous a laissé à la fin. La dernière image que j'ai emportée de Thomas Jean est celle d'un homme brisé et honteux, pleurant sur une table. Cette vision a-t-elle façonné mon opinion à son sujet ? Me suis-je moi-même laissé abuser ?

Mais ce sont de bien plus terribles hypothèses qui me tourmentent à présent. Je revois le visage inquiet du Père Joseph. Ai-je fini par réveiller la créature qui dormait derrière les yeux de Thomas en lui faisant écouter le conte de Laura ? Robert était-il arrivé trop tard pour les séparer ? Avait-il déjà retrouvé ses pouvoirs ? S'est-il joué de moi tout du long ? Est-il responsable de la mort de Maria-Angelica ? Et s'il l'est effectivement, ne l'est-il pas par ma faute ?

Au cours de notre dernière conversation, Maria m'avait confié qu'elle avait cessé de chercher qui de Laura ou de Thomas menait l'autre par le bout du nez. Elle en était venue à la conclusion que ces deux-là jouaient un jeu que personne ne pourrait jamais comprendre. Je me suis rangé à son avis. Je pense comme elle qu'ils se confrontent et se retrouvent dans une danse qu'il ne nous sera jamais possible de déchiffrer. Une danse au-delà du temps, au-delà de la mort.

Néanmoins, je repense à l'homme désemparé qui s'accusait de n'avoir pas su aider Laura, de n'avoir pas su mesurer sa détresse. Comme je le comprends désormais.

Mais plus que tout, je pense à mes enfants, et je tremble à l'idée que rien n'est terminé. Les paroles du Père Joseph me tiennent éveillé chaque nuit. *Nous avons eu de la chance cette fois-ci. La prochaine fois, nous n'en aurons peut-être pas autant.* Et à ces mots se mêlent ceux de Thomas. *Je la hanterai jusqu'à son dernier souffle. Je la tourmenterai et la comblerai jusqu'à ce que lentement, insidieusement, sa petite cervelle accepte l'inévitable. Et à notre prochaine rencontre, elle jettera les armes sans même avoir combattu.*

La confusion que m'inspirait ce cas lorsque je commençai à écrire, cette sensation vague et lancinante, cette angoisse que quelque chose aurait pu m'échapper et provoquer la mort de Maria-Angelica, s'est métamorphosée en un vers insatiable qui me ronge chaque jour un peu plus. Je croyais qu'être torturé par le doute était la pire des souffrances. Je n'avais pas idée des tourments que m'infligeraient mes nouvelles certitudes.

Comment décrire ce que l'on ressent après avoir commis une si terrible erreur ? *Honte, culpabilité, remord* ne sont pas des mots assez forts pour retranscrire cet élan impérieux qui me pousserait à creuser la terre pour y enfouir ma face, et la cacher à jamais au reste du monde, si je n'étais pas captif de cette odieuse lâcheté qui m'a mené une première fois à la faute. Je jurerais être prêt à tout sacrifier pour empêcher que les infâmes conséquences de mes actions, ou non-actions, ne viennent briser la vie d'autres personnes, et pourtant, je souffre à la simple idée de nuire à ma réputation en avouant mes fautes. Pris en otage par l'horreur de ma condition, je ne parviens qu'à revivre encore et encore l'instant fatidique où j'ai échoué. Ainsi je continue d'échouer à l'infini, seconde après seconde, incapable que je suis de remonter le temps pour changer le cours des événements.

Je sens naître en moi une indulgence insoupçonnée envers les autres. Je compatis avec les menteurs et les traîtres, avec l'espoir secret que le jour où le monde viendra à découvrir mes fautes, il se trouvera, parmi la foule de mes détracteurs indignés, quelqu'un qui puisse trouver dans son cœur assez de grandeur ou de faiblesse pour me considérer encore comme un être humain.

Voici donc l'objet de mes tourments, et le message qu'il me faut délivrer. Bien des questions restent sans réponse. Mais il y a une chose que je sais, et que j'aurais souhaité ne jamais savoir. Une vérité si atroce, qu'il me semble peu probable que je lui survive encore bien longtemps. Je le sais car je commence à avoir des cauchemars similaires à ceux de Maria-Angelica et de Thomas.

J'ai aujourd'hui la conviction que l'être qui se tenait devant moi lors de cet entretien avait en lui un pouvoir de destruction bien au-delà de ce que j'imaginais, et que les mises en garde de Joseph n'avaient rien d'exagérées. Un être au nom maudit, capable de réduire en cendres tout un village par simple caprice, de faire basculer le monde dans le chaos, d'amener l'humanité entière à sombrer dans la folie la plus totale.

Et en même temps, je sais aussi que cet être était bien un homme, rempli d'espoirs et de peurs, profondément et sincèrement amoureux, malgré ses dires. Un homme très entouré mais infiniment seul. Aujourd'hui, la seule personne au monde qui l'ait jamais véritablement aimé est enfermée hors de sa portée.

Je sais qu'il a conscience de cela. Je le sais car j'ai vu son cœur se briser devant mes yeux. Par ailleurs, j'ai entendu dire qu'au moins une fois par semaine, à la nuit tombée, il vient déposer un bouquet de fleurs des champs au sommet du mur d'enceinte de l'hôpital, de sorte que Laura puisse le voir depuis sa fenêtre. Je n'ai jamais pris le temps de vérifier cette information, mais elle ne ferait qu'accentuer encore l''urgence de la situation.

Chaque minute compte désormais, et il m'apparaissait plus capital de terminer ce mémoire. J'espère que le Dr Schipman saura faire preuve du bon sens qui m'a fait défaut, et ne prendra pas mes avertissements, ni ceux du Père Joseph, à la légère. Je n'ose espérer cependant qu'il ait suffisamment de cran pour faire preuve du même courage que Maria.

Pour ma part, je compte les forces dont je dispose encore et j'en déduis que mon rôle dans cette histoire est terminé. Maintenant, je dois vivre le peu de temps qu'il me reste en sachant que toutes ces années d'étude de l'esprit et du cœur humains ne m'avaient finalement rien appris. Rien ne m'avait jamais préparé à ce que j'ai vécu au cours de cet entretien. À présent, je dois affronter chaque minute de ma vie en sachant que j'ai regardé le Mal en personne dans les yeux, et que je n'y ai rien vu d'autre que mon propre reflet.

Cycle *Les Possédées*

Série LUTTE ÉTERNELLE

14 jours volés

***

Le langage des fleurs

(à venir)

En attendant...

235

Bienvenue dans le multivers…

fb/ erin.kromborr

insta/ jorah_the_h